スイレン・グラフティ

わたしとあの娘のナイショの同居

世津路 章
イラスト／堀泉インコ

[suiren-graffiti]

「ついでにご飯もどう？
ちょうど一人分、
余ってたとこなんだ」
【いけの　すいか】
池野彗花
高校一年生の、ふつうの女子高生。
母子家庭で忙しくはたらく母に代わり、幼い弟妹の世話から炊事洗濯までつとめる家庭的な女の子。蓮のことが気になっていたが……。

【にわがみ　れん】

庭上蓮
彗花と同じクラスで隣の席の女子高生。

授業をサボったり先生にケンカを売ったりと、なにかと素行不良の問題児。誰にも教えていない、秘密の目標があるらしく……。

「死ぬほどコキ使ってやっから。覚悟しろよ？」

「庭上さん、どのくらい食べる?
アレルギーとか平気?」

「別に……なんでもあるだけ食う」
行くアテのなかった彼女を迎えるのは、
池野家のあったかいごはん。

「ねぇ庭上さん、これ、急ぎなんじゃない？寝ちゃっていいの？」
「すぅ……すぅ……」
「昨日もあんまり進まなかったでしょ？今日こそ進めるって言ってたじゃん」
「ん……ぅ、……」

（…………どーして
こんなことになったんだっけ……？）
そして二人は一つ屋根の下で、
共同作業？

スイレン・グラフティ

わたしとあの娘のナイショの同居

table of contents

デザイン◎鈴木　亨

スイレン・グラフティ

[suiren-graffiti]

わたしとあの娘のナイショの同居

世津路 章

イラスト／堀泉インコ

彗花《すいか》が子ども部屋にそうっと入ると、かわいらしい寝息が聞こえてきた。

夜一〇時を回った頃。静かに一歩ずつ二段ベッドに歩み寄って、小さな妹と弟が寝たふりをして遊んでいないか確認をする。漫画やゲーム機を持ち込んでいることがあるのでそういうときは取り上げるのだが、今日はふたりともよく寝ていた。この生意気盛りでやんちゃなモンスターたちも、寝顔はなんだか天使のようで、思わず口許が綻んでしまう。はだけた毛布を優しく肩までかけなおしてやってから、彗花は子ども部屋を出た。

音を立てずに扉を閉めると、いつもなら、彗花はこれから何をするか考える。自分も寝てしまうか、明日の授業の予習をするか、それとも友達に借りっぱなしの雑誌を読むか。幼い弟妹の世話から解き放たれて、ふつうの女子高生としてひとりきり、何にもとらわれないで過ごせるわずかな時間。一日のうちでもっとも楽しいひととき——のはずが、今の彼女は冴えない表情だ。思わずため息を吐きそうになったのを飲み込んで、ぎこちない笑みを浮かべる。

「お待たせ、庭上《にわがみ》さん！　えっと、それじゃ、続きしよっか？」

努めて出した明るい声はから回りして、尻切れトンボに居間に消えた。彗花はパチパチと瞬《まばた》きをして、コルクマットを敷いた床の上をちまちまと歩く。

居間の中央に置かれた、一二〇センチ四方のちゃぶ台。その上には普段なら、宿題用のノートだとか読みかけの雑誌やらが置いてある……のだが、今は一面、白い紙が散乱している。

さらにその上に突っ伏して、寝こけている姿がある。

安らかな寝息を立てている、彗花と同じ年頃の少女だ。

彗花はおずおずとその隣に座って、ちょっとだけ逡巡《しゅんじゅん》した挙句、意を決して彼女の肩に手をかける。

「ねぇ庭上さん、これ、急ぎなんじゃない？　寝ちゃっていいの？」

「すぅ……すぅ……」

「昨日もあんまり進まなかったでしょ？　今日こそ進めるって言ってたじゃん」

「ん……ぅ、……」

彗花の声に反応して、少女は身をよじった。その顔がこちらを向いて、彗花の胸はどきり、と高鳴る。

彼女の名前は庭上蓮《れん》。

この春から池野《いけの》彗花と同じ市立鐘成《かねなり》高校の一年生で、同じクラスで、隣の席で——素行不良として、恐れられている少女だ。

周囲の腫物扱いを嘲笑《あざわら》うように一匹狼然《いっぴきおおかみぜん》としている蓮は、しかし、今彗花の家で、無防備な寝顔を晒《さら》している。それは隣の部屋で眠る幼い弟妹と同じようにあどけなく、穏やかだ。教師にも平然と反抗する普段の彼女とのギャップに、ただただ彗花は戸惑うばかりである。

（うう、このまま寝かせてあげたいけど、起こさなかったら怒られるし……）

よし、とひとつ決意して、両手を彼女の両肩にかけ、もう少し強く揺さぶる。起きない。ごめんね、と思いながら、耳を上に引っ張ってみる。起きない。破れかぶれになって、セミロングのその髪をアゲアゲのお団子ヘアーにセットする。……やっぱり、起きない。

その後も思いつく限りの手立てをやり尽くし、それでも彼女の目が覚めることはなく、彗花はがっくりと項垂《うなだ》れた。

（……………………どーしてこんなことになったんだっけ……？）

ふぅ、と今度こそため息を漏らしてから、彗花はちゃぶ台へと視線を転じた。そこに散らばる数々の紙のうち、一枚を手に取ってみる。

しっかりとした厚みを持つＢ４サイズのそれは、〝漫画原稿用紙〟。つい先日まで、彗花の人生にはまったく縁も所縁《ゆかり》もなかった代物。

その上に定規を当て、線を引くハメになるに至った一連の出来事が、まざまざと彗花の脳裏に蘇《よみがえ》る——

ナイショの同居、はじまる

スイレン・グラフティ

第1話

わたしとあの娘のナイショの同居

目の前で、カーテンの白が舞った。

その日の、そのときのことはやけにはっきり憶《おぼ》えている。昼食を終えた直後の五限、それも数学の授業だったから眠くて、彗花はうつらうつらと舟をこいでいた。そんなぼやけた視界にパッと白が飛び込んだので、一瞬思考がクリアになった。

新学期の緊張した空気感も、ゴールデンウィーク明けの気だるさに自然とほぐれだした頃。中学の友達と別のクラスになり心細かった彗花も、クラスメイトとも徐々に顔なじみになって、なんとなくやっていけそうかな、と思い始めたときのこと。

ふわり、と元に戻るカーテンを目で追いかけて、肩がぴっと強張《こわば》った。そのまま、窓際《まどぎわ》の席の彼女が見えたからだ。

セミロングの髪はうっすらと明るい。シャギーの入ったサイドの髪、その向こうに透けて見える顔は、それだけでも整っているのがわかる。釣り目気味の鋭い眦《まなじり》や、同年代よりも高め背丈、少し着崩した制服などが不思議と調和して、特有の存在感を放っていた。

もっとも、彼女のほうは彗花のことなど気にせず、熱心に机に向かっている。授業内容をノートに記しているのではない。前面・側面をブロックするように教科書を立てて、顔も上げずに何か作業に没頭している——いわゆる内職中なのは、傍目《はため》にも明らかだ。

（今日もやってる……毎日毎日、よく飽きないなぁ）

横目で彼女をチラチラ盗み見しながら、彗花は内心嘆息する。

庭上蓮。それが隣人の名前だ。

蓮は猛烈にシャープペンシルを走らせたかと思えば、途端に手を止めた。ペンの頭を額にガツガツ打ち付け、何かを考えこんでいる。そしてふと、書き物を再開する。ずっとその繰り返し。入学してからというもの、授業中の蓮はいつもこの調子だった。

四月からクラスメイトで隣の席のこの少女がいったいどんな内職に勤《いそ》しんでいるのか、彗花は知らない。

というか、クラスの誰も知らない。蓮が授業中に何かしているのは察していたが、それを訊《たず》ねる者は皆無だった。その理由は——

「……の、池野！」

「は、はい！」

しわがれた教師の声で呼ばれて、彗花は慌てて意識を正面に切り替えた。

教壇では、呆《あき》れて不機嫌顔の教師が眼鏡の奥から彼女をねめつけている。バカ、と彗花は心の中で自分をなじった。一年生の数学を担当するこの三重野《みえの》という初老の男は、生徒間では陰湿で陰険として、既に悪評で持ちきりだった。

「この問題に答えろ。さっきまでの話をきちんと聞いていれば、容易に解けるはずだ」

「う……えぇっとぉ……」

急いで板書を確認する……も、彗花がノートを取っていたところから内容は大分進んでいて、そもそも前後関係すら覚束《おぼつか》ない。どうやら何か公式が登場して、その使い方の例として出された問題のようだ。そこまでは分かったのだが、焦《あせ》ってぐちゃぐちゃになった脳みそは具体的な解法をひとつも提示しない。

「……すみません、分からないです」

思わず弱音がポロリとこぼれ、しまった、と後悔したときには遅かった。三重野はよくセットした白髪を前から後ろに撫《な》でつけるようにしながら、あからさまにため息を吐く。

「どうしてこんな簡単な問題を、そう易々《やすやす》と放り投げるんだ？　まったく、近頃の学生は根性が足りん！　そもそも、直前の解説を聞いていればそんなふうにはならんのだ。勉学への意欲が微塵《みじん》も感じられん、私の若い頃にはなぁ、」

ああ、始まった——教室中に、白々とした空気が蔓延《まんえん》する。

三重野は生徒の一の失態を、一〇にも二〇にも拡大して叱責するので有名だった。授業中に必ず一度は持論の講演会をしだすので、数学の授業は生徒たちの憂鬱の種になっている。彗花はクラスメイトたちに申し訳なく思いながら、内心舌を出した。

（そりゃ、授業中にぼーっとしてたわたしも悪いけどさぁ……そこまで言うコトなくない？

っていうか、誰もあんたの学生時代の話なんて聞いてないしっ。奥さんと出会ったエピソードとかどーでもいいしっ）

三重野の説教はいつも同じ話題に収束するので、生徒たちの耳にはタコができていた。むしろそれを話したいがために生徒のアラを探して怒鳴りつけるのではないか、とのもっぱらの噂《うわさ》だ。実際、当てられる生徒は数学が苦手で気が弱そうなタイプばかりなのが状況証拠となっている。彗花はこれまでなんとか回避していたが、運悪く今日初めて被弾してしまった。

今は全体の三分の二を語り終えたあたりなので、演説は残り三分の一。早く通り過ぎてほしい……と切に彗花が願っていると、

ガタンッ、

突如大きな物音がした。椅子をわざと乱暴に扱わないと出ない、そういう音。誰かが席を立ったのだ。

はっと、教室中の視線が集まる。彗花の隣の席の彼女へと。

その彼女――庭上蓮は、立ったまま手際《てぎわ》よく自分の荷物をまとめつつ、白々しく言う。

「せんせー、急にアタマ痛くなってきたんで早退しまーす」

「は……？」一瞬呆気《あっけ》に取られた三重野だが、すぐ教師の威厳を繕う。「ま、待て庭上！　勝

手な早退など認めんぞ！」

カバンにすべて収め終えると、初めて蓮は三重野のほうを向いた。ハッと鼻で嗤《わら》う。

「別に認めてもらわなくてもいいんで。もう決めたんで」

「おまえの決めることじゃない！　まったく……具合が悪いようにはとても見えん、今すぐ着席しろ！」

三重野の怒声は、聞いているだけの彗花の肌すらひりつかせるように威圧的だった。だがそれをぶつけられた当の蓮は平然とカバンを肩にかける。その挙動を見守っていた教室中が、ごくりと喉を鳴らした。

気だるそうに少しだけ首を傾《かし》げ、わざと見上げるように視線を返す——その蓮の眼差《まなざ》しは凶器でも構えているように獰猛《どうもう》だ。教室の温度が一度は下がろうか、という冷えたそれは、しかし隣で見ている彗花の心になぜかいやに焼き付く。

教壇の三重野は怯《ひる》んで二の句を継げず、その様子に満足したのか、蓮は目を眇《すが》めた。

「それはこっちのセリフっスよ。数学にミリも関係ない話延々と聞かされて、これが授業？　せんせーのほうこそ勉強し直してきてくださいよ、授業のやり方」

みんなが言いたくても言えなかったことをあっさり言い放った蓮は、すたすたと歩いて出入り口に向かっていく。そして、三重野がゆでだこのようになって再び怒鳴り散らそうとした、そのタイミングを見計らったように振り返って、

「あー、でも、せんせーがいつからヅラなのかって話なら多少興味あるんで。次回楽しみにしてまーす。んじゃー」

せせら笑いを置き土産に引き戸を閉めて、退場した。

——どっ、と教室中が哄笑《こうしょう》で満ちる。

蓮の一撃、それは生徒の誰もが気付いていながら見て見ぬふりをしていた事実を白日に曝《さら》け出《だ》し、これまでの鬱憤《うっぷん》を晴らすように痛快だった。もっとも三重野は自身のカツラが公然の秘密だったなどと夢にも思っていなかったようで、顔を真っ青にしている。

「お、お、おまえら、静かにしろ！　授業中だぞ！」

本当は蓮を追いかけたいようだが、クラスがこの騒ぎでは放置もできず、三重野は黒板の前で右往左往するばかりだ。普段威張り散らしている姿との落差が滑稽で、彗花はちょっと気の毒に思いながらも、笑いを止めることができなかった。その耳に、周囲のコソコソとした話し声が聞こえる。

「やっべー、庭上おもしろすぎんだろ」「いやー、でもいきなりアレってさぁ……やっぱちょっと怖いって」「マジ何考えてるかわかんねー」「ね、あの噂《うわさ》ホントかな、中学のときに……」

三重野に対する態度を評価する一方で、どこか腫物扱い。彼女を取り巻く教室の、そんな空気がなんだかいたたまれず、彗花は他人事《ひとごと》ながら小さくため息を吐いた。

庭上蓮は入学当初から、ずっとこうだ。

誰にも——生徒にも教師にも、決して我を曲げない。なじまない。つるまない。声をかけようにも不機嫌そうで、口を開けば皮肉な言葉を叩《たた》きつける。

当初こそクラス委員や担任が教室の輪に溶け込ませようと努力をしていたが、のらりくらりと躱《かわ》されるので、早々に断念してしまった。彗花も何度か話しかけてみたが、つれない態度で袖にされるので会話に成功したことはない。

そうしてみんなから距離を置いた教室の窓際《まどぎわ》でひとり、一心不乱に何かをやっている。蓮は、そういう少女だった。

(……ホント毎日、何の内職してるんだろ？)

また彗花の目の前でカーテンの白が躍る。

つられて窓の向こうを見ると、五月の青空がどこまでも広がっていた。

「ねぇねぇ彗花、五限にヤンキー庭上降臨したってホント⁇」

放課後、教室の掃除当番だった彗花は、出入り口からそう問いかけてきた馴染《なじ》みの顔に苦笑を返した。

「情報早すぎでしょ、なんで知ってんの？」

「ふふんっ、星加《せいか》ちゃんの情報網は高校入ってからバリバリ広がりまくりデスよ」

そう言って、ぱちりとウインクしてくるのは、橋本《はしもと》星加だ。彗花とは中学時代からの友達で、この春高校へ進学してからはクラスが分かれてしまった。ようやく教室になじみ始めた彗花とは対照的に、社交的な星加は新しい友達を着々と増やしている。だがこうして何かと遊びに来るし、昼食も一緒にとる。彗花にとっては気心の知れた、大切な友人だ。

興味津々《きょうみしんしん》と言わんばかりにサイドテールを揺らしながら、星加は興奮気味に続ける。

「庭上蓮って言ったらさっ、中学時代は隣町で結構有名な不良《ワル》だったらしいんだよね〜！　グループで万引きしたり教室のガラス割ったりってさ。別中のウチでも塾で何回か名前聞いたことあるくらいだし、そーとー武勇伝持ってるよ」

「庭上さん、そんなふうには見えないけど……」

箒《ほうき》の先で小さく弧を描きながら彗花は、今は誰もいない蓮の席を見た。

確かに、彼女の風貌はそれっぽい。張り詰めた雰囲気も、彗花たち普通の高校生とはどこか一線を画する趣がある。実際、そのために蓮を遠巻きにしているクラスメイトも少なくない。

だが彗花は、周囲が抱くそんなイメージ像と実際の蓮との間に、何か違和感を抱いていた。

もっとも、中学時代の彼女がどうだったかは分からない。それでも、集中して内職に毎日取り組む蓮の眼差《まなざ》しは、その熱量は、〝不良《ワル》〟という単語からは程遠く彗花には感じられるのだった。

しかし星加はお構いなしに、腕を組んで一人合点するようにうんうん頷《うなず》いている。

「高校入ってからは大人しいな～って思ってたけど、嵐の前の静けさってヤツだったのかもねぇ。いきなり三重野のヅラ疑惑すっぱ抜くなんて、ヤンキー庭上やることが違うわ。こりゃ、教室のガラスも近いうちパリーンっていっちゃうかも……あたっ」

「無暗《むやみ》に不安煽《あお》るようなこと言わないの……ったく」

悦に入るように喋《しゃべ》る星加を止めたのは、背後からお見舞いされた頭部へのチョップ。彗花が首を傾《かし》げて覗《のぞ》き込《こ》むと、そこにはサイドがちょっと跳ねたショートカットの、見慣れた顔の女子生徒が立っている。振り返った星加が恨みがましく言った。

「彩絵《さえ》ぇ～ちょっとは手加減してよぉ～」

「しない。あんた放っておくと、あるコトないコトずっと言い続けるんだから」

ふうっ、とため息を漏らしたのは、園崎《そのざき》彩絵。彗花と星加、そして彩絵は中学から同じグループだった。彗花と彩絵はもっと付き合いが長くて、幼稚園以来の幼馴染《おさななじみ》だ。だが今は違うクラスで、さらに彩絵が部活で多忙になり、一緒の時間は以前よりだいぶ減ってしまっている。

当初は彗花もそれをさみしく思ったが、自分たちはもう高校生なのだから、と言い聞かせている。今も、胸のうちのざらつきをおくびにも出さず、にっこり笑ってみせた。

「彩絵、今日も部活の練習？　大変だね」

「うん、まぁ楽しいよ。まだ肺活量増やす練習ばっかで、ろくに楽器触らせてもらえないけど」

「うちの吹奏楽部はスパルタって有名だもんね～」と、星加。「でも、一年にもレギュラー枠があるんだっけ？」

「そ。とりあえず今はそこめざして、がんばるって感じかな。難しそうだけど」

「彩絵ならできるよっ！」

いきおい大きな声になってしまって、慌てて彗花は口に手を当てた。彩絵も星加も、目をぱちくりさせている。ちょっと恥ずかしくなりながら、それでも彗花はせいいっぱいの笑みを浮かべた。新しい場所で励んでいる親友にエールを送ろうと。

「昔から、彩絵がんばり屋さんだったじゃん。応援してるから」

「……ありがとう、彗花」

照れたようにはにかみながら、彩絵も頷《うなず》く。だがその顔が曇って、少し俯《うつむ》いた。おや、と彗花が不思議に思っていると、おもむろに彩絵は口を開く。

「星加の話、ぜんぶ信じるわけじゃないけど……気を付けたほうがいいと思う」

「えっ？　なんのこと？」

「その……庭上さんのこと」

珍しいものを見るように、星加が彩絵へと顔を向けた。彗花もびっくりしている。歩く週刊誌のごとくゴシップマニアな星加に対して、彩絵は憶測で人の善《よ》し悪《あ》しを口にするタイプではない。付き合いの長い彗花はそのことをよく知っていた。

実際、彩絵自身も言いづらいようだ。それでもとつとつと、先ほど彗花が見せた笑顔と同じくらいの真剣さで言葉を紡《つむ》ぐ。

「授業中に先生に口ごたえして出てくなんて、ちょっと普通じゃないよ。彗花、隣の席なんでしょ？　私、心配で……」

「彩絵……あ、あのさっ」

親友が自分の身を案じてくれているのは純粋に嬉《うれ》しい。だが、素直に受け取れない。三重野を睨《にら》んだ蓮の眼差《まなざ》しが脳裏を過《よぎ》って、胸の違和感がいっそう濃くわだかまるのだ。彗花はなんとかそれを説明しようとしたが、

「園崎さん、練習始まっちゃうよー！」

と、廊下の向こうで彩絵を呼ぶ声に遮られた。

「ごめん、時間だ……！　彗花、なんかあったらいつでも連絡してっ。星加、あんまり首ツッコみすぎないこと！　じゃね！」

「あんたはウチのオカンか！　いってら〜！」

「が、がんばってねー！」

星加と彗花の見送りに手を振って応えると、彩絵は振り返らずに、部活の友人たちの元へと走っていった。なんだか判然としない心持ちの彗花とは対照的に、星加は清々《すがすが》しく腕を伸ばす。

「はー、うるさいのが行った行った。ね、この後ヒマ？　B組の娘《こ》たちとモスド行くんだけど来ない？」

その星加の誘いに、彗花の頭の中は瞬《また》く間《ま》にドーナツに占拠された。駅前のモスドことモスト・ドーナツでは、春の抹茶ドーナツフェアをやっているはずだ。CMで見て食べたいと思いながらも、ここ最近はバタバタしていて足が遠のいていた。B組の娘《こ》たち……星加のクラスメイトとも、ちょっと怖いけど話してもみたい。

と、一気に昂《たかぶ》る思いをぐっと飲みこんで、彗花は笑って首を振った。

「ごめん、今日は家帰らなきゃいけないんだ」

「そーなん？　なんか用事⁇」

「実は……お母さん、帰ってくるんだよね」

そう聞いて、星加も大きく頷《うなず》いた。

「そっか！　今回はどこ行ってたんだっけ？」

「サンフランシスコ。なんか……M&A？　の、打ち合わせだって」

「はー、やっぱバリキャリは違うね～。この前はドイツだったっけ」

「そうそう……ごめん、いつも誘ってくれるのに、あんま行けなくて」

彗花が俯《うつむ》くと、星加は軽くパタパタと手を振った。

「何言ってんの、今さらっしょ？　また時間あるときどっか遊びに行こーよ。美葉《みよ》ちゃんも茎《けい》一《いち》くんも大歓迎だし」

「うん！　ホントありがとね、星加」

のーぷろぶれむ☆　と言い残して、星加も去っていく。その後ろ姿を若干名残惜《なごりお》しく思いながら、彗花も掃除を再開した。

高校に入り、親しい友達と過ごす時間が減ってしまって、つらい気持ちはある。それでも、胸がとくとくと高鳴るのを彗花は抑えられなかった。

今日の晩、母が帰ってくる。それは実に、二週間ぶりのことだった。

∞∞∞

「すいねーちゃん、見て見て！　ミヨ、たくさん作ったのです！　ここからここまで、ぜーんぶミヨのです！」

「ちがうです！　これ、ぜんぶケイが作ったです！　すいねーちゃん、ミヨはうそつきです！」

「はいはい、ちょっと待って！　今行くから！」

大鍋をお玉でゆっくりかきまぜて煮え具合を確認し、フタをしてから火を消す。それからさっと手を洗い、ラフな私服の上に着けたエプロンで拭うと、彗花はキッチンから居間へとひょっこり頭を出した。

十畳の和室、その中央に鎮座するちゃぶ台の上には、無数の折り紙作品が散乱している。鶴、やっこさん、色とりどりの花たち。一番多いのは、短冊状《たんざくじょう》に切ってつなぎ合わせた輪っかの飾りだ。

それらの作者である美葉と茎一は、お互いを引《ひ》っ摑《つか》んで取っ組み合いをしている。まだ小学二年生になったばかりの双子は極端で、呼吸を揃《そろ》えたように仲がいいかと思えば、突然竜虎《りゅうこ》のようにいがみ合う。そんな状態をいったりきたりでせわしないことこの上ないが、毎日相手どっている彗花には慣れっこだ。

「わっ、渡した折り紙ぜんぶ使ったの？　すごーい、ふたりともがんばったねぇ！」

まずは褒める。すると双子はぴくっと聞きつけて、それぞれに一番の自信作をちゃぶ台の上からひったくり、パタパタ走って彗花に自慢しに来る。

「すいねーちゃん、これ！　ミヨのかえるさん！」

「おおー、あえてのピンク色！　斬新でいいねぇ、美葉らしいよ」

「すいねーちゃん！　ケイはつくし！」

「シンプルなフォルムで勝負か……茎一は相変わらず渋いなぁ」

もちろん、小学生が作るものなのでクオリティはお察しください、といったところだ。しかし彗花は決して子どもだましは口にしない。きちんと手に取りじっと眺めて、ここがいいな、と思ったことを素直に伝える。良さがわからなかったときは正直にそう言って、美葉と茎一の解説に耳を傾ける。このときは、もう少しこうしたらいいのに、というポイントが目についた。

「美葉、かえるさん脚のところがよれちゃってかわいそうだからピンってしてあげて。茎一、つくしのカサのところ、色鉛筆で模様描いてあげるともっとよくなると思うよ」

「「はーい！」」

彗花から作品を返却されると、美葉も茎一も競ってちゃぶ台に噛《かじ》り付《つ》く。一日の終わりだというのに、双子の元気は底なしだ。いつもならへトへトになってしまうところだが、今日は彗花も負けていない。

（シチューはできたし、ハンバーグもあとは焼くだけ……サラダは、食べる前にドレッシングかければいいから……うん！）

指を折り折り段取りを確認して、ひとつ頷《うなず》く。

「美葉、茎一、それじゃあその折り紙、飾り付けしよっか！」

「「らじゃーです！」」

双子は息ぴったりに振り返って敬礼の真似《まね》をすると、ちゃぶ台に広げた作品を両手いっぱいに引《ひ》っ摑《つか》む。壁際《かべぎわ》に移動した彗花はそれらを順番に受け取って、壁に跡が残らない糊《のり》を使って貼り付けていく。

部屋の四方を輪っかで囲むように飾り、面積が広く空いている壁際《かべぎわ》には美葉のかえるさんや茎一のつくし、その他にも作られた太陽やら葉っぱやら花やらを並べる。すると、絵本の一ページを切り取ったような景色がそこに現れた。

春の野原にやってきたかえるたちの頭上に、彗花は美葉と茎一が持ってきた画用紙を並べた。

白い紙いっぱいに書かれたひらがなが連なると、『おかあさん、おかえりなさい』というメッセージになる。

すべてを配置し終えた彗花は、壁の反対側、ベランダ間際《まぎわ》に立ってその完成形を眺めた。なかなかの出来栄《できば》えに思わず笑みがこぼれる。その右腕に、茎一が取り付いてきた。

「すいねーちゃん、おかーさん喜んでくれますか？」

「そりゃ絶対喜ぶよ！　美葉と茎一が一生懸命考えたんだもん！」

そう言いながら頭を撫《な》でてやると、茎一は子猫のようにはにかんだ。久しぶりに帰宅する母のために、今日まで双子は小さな頭を悩ませてサプライズを考案したのだ。それがこうして実を結びつつあるのを見て、彗花も胸があたたかくなる。が、ふと気づいた。こういうとき張り合ってくる美葉が、部屋の中にいない。

首を巡らせて名前を呼ぼうとしたところで、美葉はひょっこり子ども部屋から頭を出した。後ろ手に何か隠したまま、すまし顔で彗花たちへと寄ってくる。

「美葉、何持ってるの？」

「ふっふっふ！　じゃーん！」

彗花に訊《き》かれて得意げに美葉が差し出したそれは、一冊のぬり絵帳だ。母が出張に出かける前、家族でショッピングモールに遊びに行った際、買い与えられたものである。

渡された彗花はパラパラとめくってみて、思わず口を開いた。

「わぁ、もう塗り終わったんだ！　すごいじゃん、美葉！」

流行《はや》りの女児向けアニメのヒロインたちがカッコよくポーズを決めたぬり絵は、どのページも見事にカラーリングされている。もっとも、それらは美葉らしい独特の色彩センスが光っていて元の配色は無視されていたが、彼女ができる精一杯の丁寧さで、一面ごとに塗り尽くされていた。

「おかーさんと約束でした！　ぜんぶ塗ったら次の、買ってもらえるのです！　ミヨ、おかーさんにたくさんほめてもらって、また一緒に買いに行くのです！　早く行きたいです！」

「……そうだね。早くみんなで、また買い物に行きたいねぇ」

美葉の頭も撫《な》でてやりながら、彗花は口許の笑みが崩れないように苦心した。

池野家は母子家庭である。美葉と茎一が生まれて間もなく、父は不慮の事故で他界した。以来、生計のため母は働きに出ており、家の中のことは長女の彗花に任されている。

母は外資系会社の企画開発部門で主任を務めている。その収入のおかげで、生活に不便を感じたことはない。古い木造建築のアパート暮らしだが、双子が駆け回るには十分以上の広さもあるし、幸運なことにご近所さんも気のいい人ばかりだ。家庭の事情を理解して付き合いを続けてくれる親友たちもいる。彗花は、自分は恵まれていると思っている。

だがそれでも、幼い美葉と茎一にさみしい思いを強いてしまうのはつらいものがあった。精一杯母親代わりを演じているつもりだが、それにも限度がある。今もその現実に直面して、暗くため息を吐いてしまいそうだ。

しかしそれをなんとか飲みこむ。ジーンズの尻ポケットに突っ込んでいたスマートフォンから、着信音が聞こえたのだ。慌てて画面を確認すると、自分でも心が浮いてくるのがわかる。

「もしもしっ、お母さん？」

彗花の声に、美葉と茎一の顔もパッと明るくなった。ぴょんぴょん跳ねながら、それでも口許に手を当て静かにしようとしている。それを見てくすぐったく感じながら、彗花も逸《はや》る想いを抑えつつ口を開いた。

「今、空港？　何時くらいに家着きそう？　……え？」

電話口の向こうから聞こえる言葉に、彗花は耳を疑った。海の向こうから一拍遅れて届くその声に注意深く耳を澄ませる。

「……………うん…………うん、そう…………いや、仕方ないでしょそれは。こっちにはいっ…………えっ？」

なんとか絞り出した返事も、途切れた。事態を察した美葉と茎一も飛び跳ねるのをやめ、不安そうに彗花を見上げている。そんなふたりのためにも平静にならなくては、と思う彗花だが、母の言葉を咀嚼《そしゃく》するのがやっとのことだった。

『こっちに着いて分かったんだけど、初期の段階でこっちと向こうの認識に相当ズレがあってね……今、買収の合意形成からやり直してるとこなの。合併後のヴィジョンについて具体的に説明できるよう、開発からも意見が欲しいってことで、まだしばらくこっちにカンヅメになるわ。まとまるまで早くても……一ヵ月はかかる』

そう話す母の声には、疲労が滲《にじ》んでいる。そしてそれ以上に、子どもたちに不義理を働いてしまうことへの罪悪感があった。

『ごめんね、彗花。相手方の決定権持ってる人間が、全然捕まらなくて……いつアポが取れてもいいように、こっちに腰を据えるのが一番確実だって話に、突然昨日なったの。美葉にも茎一にも、なんて言ったらいいか……』

母がいつも見せる明朗快活な物言いはどこにも見出《みいだ》せないほど、一音一音が暗く淀《よど》んでいた。本当は、一刻も早く家に帰りたいに決まっている。その気持ちが、痛切に伝わってくる。

だから彗花は、思い切り笑った。

「わかった！　へーきだよ、へーき！　こっちのことは心配しないで、美葉も茎一もちゃんといい子にしてるから！　……え？　あはっ、大丈夫だって！　彗花、もう高校生なんだよ？　それよりお母さんこそ、ちゃんと食べてよね！　あ、睡眠もきちんととること！　……うん、うん！　じゃあ、また連絡して！　おやすみー！」

震える指で通話を切って、スマートフォンをポケットにしまう。

それからしゃがみこんで双子と目線を合わせた。

「あのね、お母さん仕事が忙しくって、まだ帰ってこれないんだって。お母さんがどうしても必要なんだって。だから……おかえりなさい会は、また今度。お片付けしてから、ご飯食べよ！」

つとめて明るい声で、そう語りかけた。だが、双子の顔はみるみる曇っていく。先に決壊したのは美葉のほうで、わぁんっ、と甲高い声で泣き始めた。

「ヤです、ヤです！　折り紙もぬり絵も、おかーさんに見てもらうです！」

「ケイも……おかーさんに会いたいです！　ごはん一緒に食べたいです！」

二重奏になった泣き声は、十畳の居間にキンキンと響く。お隣に住む老婦人は理解のあるほうだが、それでも今は夜間、なるべく騒音は控えるべきだ。

そうはわかっていても彗花は、双子を叱って止めることが、できなかった。

美葉と茎一の気持ちは、狂おしいほどわかる。怒鳴りつけられてどうにかなるものではない。彗花自身、一緒に泣いてしまいたいくらいなのだから。

彗花は双子を抱き寄せて、ぎゅっと両腕に力を込めた。海の向こうでひとり奮闘する母の分まで、強く強く抱き締めた。

それから背中や頭を、優しく撫《な》でてやる。次第に、美葉と茎一の泣き声は小さくなって、鼻をスンスンと鳴らす程度にまで治まった。それを聞き届けて、彗花は静かに口を開く。

「やだよね、さみしいよね。お姉ちゃんも一緒だよ。だけど……お母さん、わたしたちのためにがんばってくれてるから。もうちょっとだけガマンしよ、ね？」

ゆっくりと身体を離して、双子の目を見て頷《うなず》きかける。茎一は、口をへの字に曲げながらも大きく頷《うなず》いた。だが美葉は、頑《かたく》なに視線を合わせない。ぎゅっと握りしめた手の中のぬり絵を、じっと見つめている。

どうしようか、と悩んで、彗花はピンと閃《ひらめ》いた。

「ね、美葉。どうせだったらもっとお母さんを驚かせてみない？」

「え？」

「ぬり絵、もう一冊完成させようよ。ううん、何冊だっていい。お母さんがいない間にこんなにがんばったんだよって、びっくりさせよ！」

彗花の提案に、きらきらと美葉の泣き顔が晴れていく。ぴょんぴょんと飛び跳ねるのは、賛成の表明だ。彗花もすっくと立ちあがる。

「よーし、善は急げだね！　ごはん食べ終わったらすぐできるように、買ってきてあげる。あっ、ついでにプリンもね。お母さんには内緒だよ〜？」

「「はーい！」」

プリンと聞いて、さきほどまでの泣き顔はどこへやら、双子は大はしゃぎする。内心安堵《あんど》で一息《ひといき》吐きながら、彗花は小銭入れを片手にサンダル履きで外へ出た。

午後七時を前にして、既に外は夜闇に沈んでいた。

頭上の夜空に散る月も星々もその瞬《また》きは儚《はかな》く、切れかけの街灯はむしろ不気味を醸《かも》している。

普段夜に家を出ることの少ない彗花にはそれが怖くて、急な買い物のときは自転車を走らせ手早く済ませていたが、今はひとりで歩きたい気分だった。行き先は、いつも買い物に行く近所のスーパーだ。生活用品や文房具なども取《と》り揃《そろ》えている中規模の店舗で、子ども向けのぬり絵も置いてある。双子だけを留守番させているのは心もとなく、さっさと用事を済ませなければ、と思うも、足はぬかるみを行くように重い。

母の仕事が立て込んで、約束が反故《ほご》されることはこれまでにもあった。

楽しみにしていた遊園地に行けなくなった、参観日に来られなくなった、彗花の誕生日に帰れなくなった――それはぜんぶ、仕方のないことだ。母が働いてくれているおかげで、自分たちは何不自由なく暮らせている。何より、そうして約束を破ったことに対して母が一番悔やんでいるのだから、どうして自分が責められるだろう。

だからといって、美葉や茎一にそうした事情を納得しろ、というのも酷な話だ。物心つく前に父を亡くした双子が、母の存在を渇望《かつぼう》するのは当然だと彗花も理解している。だからこそ彼女は理不尽だと泣《な》き喚《わめ》くふたりを抱き締めて、楽しいことを用意して、母が帰ってくるまでの間なんとか気を紛らわせてやるのだ。

それはもうずっと繰り返してきたことで、彗花には慣れっこだった。なんとなく、今日もこんなふうになるんじゃないかという予感もあった。まさか一ヵ月も帰ってこられなくなるなんて、そこは想定外だったけど。

ふう、と、ずっと我慢していたため息がこぼれる。それを契機に張り詰めていた心が緩んで、どっと噴き出した倦怠感《けんたいかん》が足取りを重くした。

こういうとき、彗花はぽっかり胸に穴が開いて、そこからどこまでもどこまでも、落下していきそうになる。

目を閉じればもう二度と目覚めることのないような暗闇に、沈んでいきそうになる。

（……何バカなこと考えてるんだろ。早く帰らないと……美葉も茎一も、待ってるんだから）

ふるり、と頭を振って、深呼吸した。それから足早に数歩行くと、突如明るさを感じて思わず立ち止まる。

いつのまにか、大きな車道までやってきてしまった。ぼんやりとするあまり、スーパーへ続く角をいくつか通り越してしまっていたらしい。囃《はや》し立《た》てるように車が目の前を駆け抜けて、その眩《まぶ》しさに彗花は目を瞬《しばた》いた。

自分の間抜けさに呆《あき》れながら、踵《きびす》を返し元の道に戻ろうとする――そのとき、

「はアッ!?　ザけんな、それが客に対する態度かよ!!」

車道の向こうから響いた怒声に、思わず肩をすくめる。

広めの二車線、それを挟んでもはっきりと響くその声には、どこか聞き覚えがあった。そろり、と振り返って、彗花はあんぐり口を開ける。

（もしかして……庭上、さん？）
制服ではなく私服姿だが、間違いない。同じクラスで隣の席で、今日は五限で自主早退した、庭上蓮だ。
彼女は車道の向こうにあるファミリーレストランの入口で、店員の女性と何やら口論してい
る。店員のほうは醒《さ》めた態度でいかにもうんざりしているが、食ってかかる蓮は必死の形相な
のが見て取れた。
「ここがダメなら、アタシはどこで――」
と、その言葉は行き過ぎていく車に遮られる。そのままタイミングが悪く、大小様々な車の
ラッシュが続いた。切れ切れに飛び込んでくる車道の向こうの光景が、まるでコマ送りのよう
に彗花の目に映る。
無理に入店しようとした蓮を、店員が阻《はば》もうとした。それが突き飛ばす形になり、蓮は地面
に倒れ込む。そのはずみで、蓮の腕の中にあった荷物がこぼれ落ちて、
（あれは――白い、紙？）
大判の白い紙が、宙を舞った。
店員はバツの悪そうな顔を見せたが、何か最後に口にして、そのまま店の中に戻っていった。
尻餅をついたまま蓮は、閉ざされた扉に向かって罵声《ばせい》を叩《たた》きつける。だがどうしようもないこ
とを悟ったのか、俯《うつむ》いて右手でガリガリと掻《か》いた。

その一連の出来事は非現実めいていて彗花は惚《ほう》けていたが、すぐに我に返る。そして信号でせき止められた車の間を小走りで抜けて、蓮の元へと駆け寄った。

「だ、大丈夫っ、庭上さん？」

「っ?!　おまえ……なんで、ここに」

いきなり現れた彗花を振り返り見上げた蓮は、目を丸くしている。

「ごめん、びっくりさせたよね。うち、ここの近くでたまたま通りかかって……怪我《けが》してない？」

「……別に」

蓮はすぐ教室で見せる仏頂面《ぶっちょうづら》になって、彗花から顔を背ける。それから地面に散らかった自身の荷物――白い紙を、拾い集めようとする。自身の足元にもそれがあることに気が付いて、彗花はしゃがみこんだ。

「手伝うよ。それにしても、なんか……珍しい紙だね」

一枚手に取って、マジマジと眺める。学校で配布されるプリントやコンビニのコピー紙とはまるで違う、Ｂ４サイズ。それもしっかりとした厚みがあって、なかなか上質なものと見受けられる。

何気なく、くるり、とひっくり返して、おや、と彗花は首を傾《かし》げた。反対側には描き込みがあって、それはどこか見覚えのある様式で――

「ッ、見んな!!」

答えに行きつく前に、蓮がひったくってしまった。彗花がその怒声に固まっているうちに、蓮は残りの用紙も乱雑に拾い集め、肩にかけていた黒のトートバッグにしまい込む。

「ここで見たこと、ぜんぶ忘れろ。……じゃあな」

そう言ってひと睨《にら》みし、立ち去ろうとする……も、その歩みが即座に止まる。おかしく思って彗花が見上げると、蓮は口を真一文字に引き結んでぷるぷると肩を震わせていた。アニメなら脂汗をダラダラ流している、そんな表情だ。すぐに思い当たって彗花も立ち上がる。

「ねえ庭上さん、もしかして足、捻《ひね》ったんじゃない？」

「……捻《ひね》ってない」

「ウソ。だってめちゃくちゃ痛そうな顔してるよ？」

「捻《ひね》ってない！　アタシに構うなッ…………～～～!!」

彗花から離れようと二歩踏み出した蓮の動きが、また止まる。俯《うつむ》いて顔を見せないようにしているのが、却《かえ》ってあからさまだ。怪我《けが》をしているのに申し訳ないと思いながら、彗花はなんだかおかしくなってきた。それでつい、気軽に話しかけてしまう。

「ね、ちょっと歩くんだけどうちに来ない？　応急手当くらいならできるからさ」

「だからっ、構うなって言って――」

と、また怒鳴ろうとした蓮の声は、きゅうう、という情けない音に遮られる。その発生元は彼女の腹で、たちまち蓮は赤面した。

ぷっ、と小さく噴き出してしまってから、彗花は付け足す。

「ついでにご飯もどう？　ちょうど一人分、余ってたとこなんだ」

ꕥꕥꕥ

「……よし、これでオッケー！　しばらく動かさないで、これ当てて冷やしといてね」

「………………」

案の定、蓮は右の足首を捻挫《ねんざ》していた。嫌がる彼女を何とか言いくるめて彗花が肩を貸し、自宅まで戻ってきて手早く処置を済ませたところだ。

最初は手負いの動物のようにピリピリしていた蓮も、その手際《てぎわ》の良さに眉間を緩める。

「……慣れてんだな」

ぽつり、とこぼしたその言葉は素直な感想のようで、いつもまとっているトゲがない。それがなんだか彗花には嬉《うれ》しかった。

「うん、うちには暴れん坊がいるからね。ほら、美葉ー、茎一ー、ごあいさつはー？」

彗花が呼びかけると、うっすらと開けられた子ども部屋の扉がおそるおそる開いて、双子がぴょっこり頭を出した。蓮のほうをきょどきょど見ながら、それぞれに「ミヨです」「ケイです」と控えめな自己紹介をする。

いつもは元気に暴れまわる双子だが、人見知りが激しく、客人に及び腰になるのはよくあることだ。さらに星加と彩絵以外の誰かを彗花が連れてくるのは初めてなので、借りてきたネコのようになっている。

「……庭上蓮」

対する蓮も、最低限の礼儀を見せるように素っ気なく名乗って、ふいっと顔を逸《そ》らした。

室内に気まずい沈黙が落ちかけたが、ぐうう、という音が空気を弛緩《しかん》させる。蓮の腹から鳴ったそれは、先ほど外で聞いたときより一段低く、どこか催促めいていた。恥ずかしさをごまかすように、蓮はへの字に曲げた唇を突き出す。そんな彼女に悪いと思いながら、彗花はちょっと楽しくなって声を弾ませる。

「それじゃあ、晩ごはんにしよっか！　美葉、茎一、お皿運んでー」

「「らじゃーです！」」

ごはん、と聞いて、双子もぴょっこり子ども部屋から飛び出してきた。三人でキッチンに入ろうとしてふと気づき、彗花は蓮へと振り返る。

「庭上さん、どのくらい食べる？　アレルギーとか平気？」

「別に……。なんでもあるだけ食う」

「わかった、ちょっと待っててね」

よし、と息巻いて彗花は今度こそキッチンに入った。

三畳ほどのスペースに並ぶ、食器棚にレンジ台、それから冷蔵庫。シンクがちょっと小さいのが彗花の不満のタネだが、それでも二口のガスコンロが置けるだけありがたく思っている。シチューの入った鍋を火にかけると、冷蔵庫から既に盛り付けておいたサラダボウルを取り出して、ラップを外して茎一に渡した。そしてドレッシングのボトルを三本美葉に渡す。最初にドレッシングをかけてしまうと味の好みでケンカになるので、池野家では取り分けた後それぞれすきなように調味するのがしきたりだ。

鍋がふつふつと煮えてきたのでお玉でかきまぜてから、彗花は食器棚から皿を持ってきた。少し小ぶりなキャラクターもののどんぶりが双子の、白地に小花のラインが可愛《かわい》くプリントされたのが彗花の、そして蓮のためにお客さん用の無地のもの。それぞれに、鍋の中身をよそっていく。

ほっこりと湯気をたてるのは、豆乳仕立てのホワイトシチューだ。大ぶりに切りそろえた野菜は色つやよく、香ばしく焦げ目をつけた鶏肉《とりにく》は食欲をそそる。別に茹《ゆ》でてあったブロッコリーを添えるといっそう華やかになり、まだ少し寒さの残る春の夜にぴったりの一品だった。

四つの皿すべてによそい終えると、美葉と茎一が戻ってきた。美葉にはフォークとスプーンを、茎一にはカゴに盛ったパンを持っていくようにオーダーして、彗花はお盆に載せたシチューを運ぶ。

「おまたせー！　さ、どうぞめしあがれ！」

「「いっただっきまーす！」」

「…………」

配膳を済ませたダイニングテーブルに双子を座らせて、彗花は笑顔で蓮にも促した。彼女は鉄面皮《てつめんぴ》のままスプーンを手にとると、何も言わず少量だけすくって、ゆっくりと口を付ける。

こくり、とその喉が鳴った。そして、信じられないものでも見たような形相でシチュー皿を凝視している。それからハタっと彗花を見て、また皿を見て、とせわしなく視線を往復させてから、ようやく二口目を食べた。それからは止まらず、ものすごい勢いで食を進めていく。

（えっと……とりあえず、まずいってことはないみたい）

彗花はホッと胸を撫《な》で下《お》ろした。家族以外に料理を振る舞うことがないので少々不安だったが、口に合わないなら突き返されただろう。むしろ育ち盛りで食いしん坊の美葉と茎一もポカンと見入るほど、蓮の食べっぷりは豪快だった。

完食もあっという間だ。自分で食べたクセに、皿が空っぽになっているのが解《げ》せないと言わんばかりに悲壮な顔をしている。それが何だかお腹を空かせた仔犬《こいぬ》のように見えて、彗花は微《ほほ》笑《え》みをこぼした。

「まだおかわりあるよ、いる？」

「……いる」

声をかけられて蓮は、学校で見せる無表情を繕ってお皿を彗花に寄越してきた。その頬にほんのりと紅が差しているのに彗花は気付いていたが、あえて触れずにキッチンへと足を運ぶ。そしてさっきより多めに皿にシチューを盛ると、居間へ戻って蓮に差し出した。

「はいどうぞ！　そうだ、庭上さんハンバーグはすき？」

「……きらいじゃない」

「よかったぁ！　今から焼くからちょっと待ってて。美葉と茎一も、ちゃんと食べてるんだよ？」

「「はぁーい」」

双子は再びシチューをかっ食らい始めた蓮をマジマジと眺めながら、気もそぞろにスプーンを動かす。いつもと違うその食卓の光景がなぜだか眩《まぶ》しく見えて、彗花は首を傾《かし》げながら手の甲で目をこすり、それからキッチンへ戻っていった。


姉がハンバーグを隣のキッチンで焼いているそのころ、美葉と茎一はもそもそと自分のシチューに口を付けていた。普段なら食事をするにも大騒ぎのふたりが、今日に限って大人しい。原因はもちろん、自分たちの対岸に腰かけた見知らぬ客人だ。

彗花の友達、ということは分かったが、星加とも彩絵ともまったく異なるタイプの蓮にどう振る舞っていいのか、美葉と茎一は戸惑っていた。しかも、ぶっきらぼうな態度を見せていたかと思えば猛烈な勢いでシチューを食らう、変わった人だ。まだ小学二年生になったばかりの双子には、なかなか判断の難しい相手だった。

　そこに、カチャンッ、と、大きな物音がする。ぴゃっとふたりは肩を強張《こわば》らせたが、なんてことはない、蓮がスプーンを皿に置いただけだった。皿の中の二杯目のシチューは、見事空になっている。

「………………すぅ…………すぅ…………」

　空腹が満たされたからだろうか、蓮は座ったまま俯《うつむ》いてうたた寝をしていた。美葉と茎一はホッと一息《ひといき》吐きながら、隣り合った椅子から身を寄せ、こしょこしょと耳打ちしあう。

「すいねーちゃんのおともだち、へんなヒトなのです」

「なのです。でも……ちょっと、きれいなヒトなのです」

「ふーん？　ケイはこーゆーのがいいんです？」

「ちっ、ちがうのですっ！　見たまんま言っただけなのです！」

「ふぅ～～～～ん???」

　にょにょとした笑いで詰め寄ってくる美葉から逃げようと、茎一はぴょんっと椅子を降りてダイニングテーブルから距離を取った。それでもアヒル口を作った美葉が後からついてくるので、何か話題を変えようとあたふたと室内を見渡す。その視線が捉えたのは、黒のトートバッグだった。

「み、ミヨ！　これ！」

「？　帰ってきたとき、すいねーちゃんが持ってたカバンです」

「ですです！　きっとこれに、ぬり絵、入ってるですよ！」

そう聞いて、途端に美葉は興味を示した。茎一も胸を撫《な》で下《お》ろしながら、ふたりでお行儀よくちゃぶ台の前に座り、トートバッグを開ける。

実際のところ、それは彗花のではなくて蓮のものだ。捻挫をした彼女を気遣って彗花が持ってきた、のだが……ドスを利《き》かせた蓮が「中身見たらタダじゃ済まねぇからな」とひと睨《にら》みして、ようやく引き渡されたのである。

そんないきさつなど知る由《よし》もない美葉と茎一は、幼稚な気軽さで天地をひっくりかえし、ちゃぶ台の上に中身をぶちまけた。期待にきらめく眼差《まなざ》しは一転、どんより曇る。

「むぅ、ぬり絵もプリンもないのです」

「あっ、でもミヨ、これはぬり絵じゃないですか？」

唇を尖《とが》らせる美葉に、茎一がカバンの中身の一部を手に取ってかざして見せる。それはクリアフォルダに収まった紙の束で、結構な枚数と重量があった。現物を取り出してみて、ふたりはじっくりと観察する。

あまりなじみのないその大きさは、双子は知らないがＢ４サイズ。片面は真っ白。そしてもう片面は、何やら黒のペンで絵と線が描き込まれている。中には、小さな点々や細かい線などで模様の付いているものもある。

トートバッグの中には、もうひとつクリアケースがあって、それらの模様の入ったシートやペン、定規、その他筆記具などが収められていた。が、双子の興味は描き込みされた紙の束に注がれている。六〇枚はあろうか、というそれらを頓着なくめくって一通り見終えると、美葉がやれやれ、とひとつ息を吐いた。

「とってもへたっぴな絵なのです。プリケアがひとりもいないのもマイナスです」

だいすきなアニメのヒロインがいないことは美葉にとって減点対象だったが、一方で茎一は思案顔でまじまじと眺めている。

「でもなんだか目が離せないフシギな感じもするのです」

「ケイは甘いのです！　ゲージツはもっと、こう、バクハツなのです！」

バーン！　と立ち上がって勢いをつけた美葉は、ちゃぶ台の上を見てキラリと目を光らせる。そこには先ほど使って出しっぱなしにしていた色鉛筆一式が散乱しており、美葉はそれらを適当に引《ひ》っ摑《つか》むと小さな指の股に挟んで、胸の前で腕をクロスした。

「今からミヨがお手本を見せてやるのです！」

じゅうう、とフライパンの上でハンバーグが焼ける音も、フタをして弱火にすると小さくなった。その分、隣の居間で双子がはしゃいでいる声が彗花の耳に聞こえてくる。くぐもって内容は聞き取れないが、いつもの美葉と茎一らしい明るさだ。

（もしかして、庭上さん一緒に遊んでくれてるのかな？）

と、想像しようとして、ぷっと噴き出す。学校で見せるのとはまるで違う蓮の表情が、脳裏にさっと過《よぎ》ったからだ。捻挫を無理に堪《こら》えたり、シチューにパクついておかわりしたり。まだ二時間足らずの出来事とは思えないほど、蓮の色んな側面が見えてきた。

（彩絵と星加に話したらびっくりするだろうなぁ……あ、でも）

最初の光景を思い出す。ファミレスの前で、入店拒否されていた蓮。ぶちまけてしまった荷物に触るな、とすごい剣幕を見せた彼女。クラスメイトに言わせれば不良らしい、ということになるのかもしれないが、彗花は何か、引っかかるものを感じていた。

（……あんまり、無暗《むやみ》に言いふらすのもよくないよね。特にあの紙、大事なものみたいだし）

彗花自身、家庭環境のことで他人から下世話な干渉を受けて嫌な思いをしたこともある。人には触れられたくない事情もあるのだ、と考え直して、胸に秘めることにした。そして、そうだ、と思いつき、パタパタとキッチンから居間に出る。

「ねぇ庭上さん、ハンバーグはケチャップソースでいい？　大根おろしもできる、け、ど……」

蓮へと向けた弾む声は、凍り付いた。

ダイニングテーブルの定位置に双子がいない。だがキャッキャと遊ぶ様子が聞こえてきたのでそちらを見遣《みや》ると、果たして美葉と茎一がそこではしゃいでいた。ちゃぶ台の上に何かを広げて、色鉛筆をとっかえひっかえ走らせている。その段階で悪寒《おかん》が迸《ほとばし》るも、なんとか堪《こら》えてふたりの元へと彗花は歩み寄る。

「……美葉？　茎一？　何、してるの……？」

「あ！　すいねーちゃん、見てください！　これがミヨのゲージツなのです！」

「バクハツなのです！　ケイもやったったのです！」

満面のスマイルで見上げてくる双子に、悪魔のツノと翼としっぽが生えているような幻覚が見えた。そんな逃避でも挟《はさ》まなければ、ふたりが掲げてくるそれを直視できなかったのだ。

一度間近で見たから、すぐわかった。美葉と茎一が手にしているのは、蓮のトートバッグの中にあった、あの紙だ。

ただし——双子の色鉛筆ですっかりカラーリングされて、極めて前衛的なアートっぽい何かになり果てているが。

「ふたりともっ！　人の荷物を勝手に触っちゃダメでしょ?!」

フリーズしかけた思考回路を、彗花は声を張り上げることで奮い立たせる。双子はピャッと肩を震わせてその場に正座した。褒められるどころかまさか怒られることになるなど思いもしなかったふたりは、しどもどと口を開く。

「だって、だって、これミヨのぬり絵だと思ったのです」

「ケイも……だって帰ってきたとき、すいねーちゃん、このカバン持ってたです」

「そ、それは……」

最初の約束を思い出して、ちくりと彗花の胸が痛む。すっかり頭から抜け落ちていたが、そもそも自分が外出したのはぬり絵とプリンを買いに行くためだ。双子が早とちりしたのも楽しみに待っていたからだと考えると、バツが悪く感じた。どうしたらいいか分からなくなりかけるが、今は現状の把握が第一だと彗花は己に言い聞かせる。

「ともかく……色塗っちゃったの、お姉ちゃんにぜんぶ見せて？」

「「はぁい……」」

しょぼくれた双子は、これまでの戦果を彗花に手渡した。無事だったものはちゃぶ台の上にあって、それもひとまとめにしたが、ほぼすべての用紙がなんらかの被害を受けている。

（どうしよう……消しゴムじゃ消せない、よね……？）

力強い色鉛筆の筆跡を見るや、修復は到底叶《かな》いそうにない。パラパラとめくりながら、はた、と気付く。

（あれ？　これってひょっとして……）

ファミレスの前で拾ったときに摑《つか》みかけたこの紙の正体を、このときになって彗花は知った。

漫画だ。

Ｂ４の白い紙に引かれた線、それらに区切られた大小さまざまな四角の中で登場人物たちが物語を演じている。彗花はあまり読むクチではなかったが、それでも各所にちりばめられた勢いのよさを感じさせる線やフキダシを見て、確かにこれが漫画だとわかった。

（だけどこれ、描きかけだよね？　あれ？　じゃあ、これって庭上さんが……）

と、思い至ったところで、背後に足音がした。

バッと振り返る……と同時に、手が伸びてきて彗花が持つ着色済みの紙の束を引《ひ》っ摑《つか》んだ。

眠っていた庭上蓮が仁王立ちでそこにいて、鬼気迫る形相で紙の束をめくった……と思うと、雑巾絞りの要領でぐしゃっと捻《ひね》り、バシンっ！　と床に叩《たた》きつける。

「どうしてくれんだよ、これ?!　〆切《しめきり》月末なんだぞ!!」

「ご、ご、ごめんなさい!!!」

頭上から降り注ぐ、殺気漲《みなぎ》る眼光。

彗花は思わず正座して、両手を合わせて頭を下げる。いつのまにかその背に美葉と茎一が嚙《かじ》り付《つ》いて、彗花のシャツを小さな手で握りしめていた。ようやく、自分たちのしでかしたことの重大さを知ったらしい。

ちっと蓮の舌打ちが飛んで、カッと口火が切られた。

「ごめんで済むか？　ごめんって言や時間が巻き戻ってハイ元通りってなんのか？　な、ん、ねぇっ、だろーがッ!!　全六四ページ……そのうちの大半がアウト。これをあと、三週間で描き直し。なぁオイ、できるか？　できると思うか?!　あァ?!!」

「ご、ご、ご、ごめんなさい〜〜〜〜!!!」

それがどれほど大変なのか、正直彗花にはピンとこなかった。が、蓮の発する威圧感から並大抵のことでないのはわかる。

何より、ここまで蓮がその手で作ってきたのであろう作品を台無しにしてしまった。それは口だけの謝罪で贖《あがな》えるものではない。実行犯は美葉と茎一……だが、その監督責任は、自分にある。

(どうしよう……どうしよう、どうしよう……！　わたしに何か、できること……！)

彗花は必死で頭を働かせた。だが罪悪感が重くのしかかり、ろくな考えが浮かばない。

その様子を見て毒気を抜かれたのか、はぁ、と蓮がため息を吐いた。あてつけでなく、ひとりごちるように呟《つぶや》く。

「ったく、ホント……マジでどうしてくれんだよ。ファミレスも使えねーし、他に作業場所のアテもねぇってのに……」

切実さの滲《にじ》むその言葉が、彗花の思考の霧を払い疑問を呼び起こす。

「そういえば庭上さん、さっき店員さんに止められてたけど、あれって……」

「……出入り禁止《デキン》食らった」忌々し気に蓮は吐き捨てる。「高校生は、条例で深夜の立ち入りができねぇから……バレねーように毎度神経使ってたのによ、クソッ」

「え？　それって……夜、いつもあそこに通ってた、ってこと？　おうち、心配してない？」

至極自然とその言葉が口から出たが、どうやら触れられたくないことだったらしい。蓮はギンッと殺気だった眼光を彗花に飛ばすと、薄い唇をへの字に曲げてそれ以上は何も言わなかった。

事態は、膠着《こうちゃく》する。蓮は苛立《いらだ》つままに頭を掻《か》いて何度も舌打ちし、美葉と茎一は彗花の背後で地蔵のように固まっている。そして彗花はどうにか償《つぐな》いたい一心で考えを巡らすがまとまらず、ふと落とした視線の先に、白い塊がチラついた。

それは先ほど蓮が破棄した、原稿用紙の束だった。

(庭上さん、さっき『あと三週間で描き直し』って言ってた……でも、そのための場所がないって。おうちじゃできないみたいだし……ん？　あれ？？　……………………………………あっ!!!)

ぱちっと、突然すべてのピースがきれいにはまった。

彗花は立ち上がり、蓮に向き合う。勢いが良すぎて詰め寄る形になり、たじろいだような蓮をじっと見つめ、やっと摑《つか》んだ打開策を差し出す。

「それじゃあ、うち使ってよ！」

「……は？」

「いや、その、うちお母さんひと月くらい帰ってこないし……これ、描き直さなきゃいけないんでしょ？　わたしも、手伝えることがあるならする、から、その……」

「…………」

威勢の良さも、蓮の眇《すが》めた視線に萎《しぼ》んでいって言葉尻は切れた。だがそれが、今の彗花にできる精一杯の提案だった。

こちらを見据える蓮の眼差《まなざ》しを、正面から見つめ返す。自分は真剣だ、という気持ちが伝わるように。

――やがて、顔を逸《そ》らしたのは蓮のほうだった。ダイニングテーブルの上、止まったままの食卓を見遣《みや》ってから、視線だけ彗花に寄越す。

「風呂《ふろ》と朝晩メシつき。それで手ぇ打つ」

「……！」

承諾を受けて、彗花はこくこくと何度も頷《うなず》く。絶望の中に活路を見出しホッと一息……といく前に、ふと思い至る。

（ん？　朝晩ごはんにお風呂《ふろ》ってことは……ここに住む、って、コト？）

もしかして自分はとんでもない提案をしてしまったのでは……そんな考えで彗花の血の気が引いている一方で、蓮はもう一度ため息を吐き、前髪を右手でかき揚げ後ろへと流した。

そして学校では一度も見せたことのない表情を――凶悪なくせにイキイキと輝く、満面の笑顔を浮かべてみせる。

「死ぬほどコキ使ってやっから。覚悟しろよ？」

ちょっと早まっちゃったかも、と彗花は心の中で後悔した。

鳥は遠く飛んだ

スイレン・グラフティ

第2話

わたしとあの娘のナイショの同居

次の日の朝、彗花はいたって普通に目を醒《さ》ました。

あれ？　と首を傾《かし》げつつ家の中を点検して回ったが、特に変わった形跡はない。狐《きつね》につままれたような心持ちになりつつお弁当を作り、朝食の準備をし、美葉と茎一を起こして食卓に座らせた。いつも通り、一名分空きのある四人掛け。それが昨晩は埋まっていた、そんな気がしたが。

（……あ、そっか。あれ夢だ。うんうん、夢だ）

自室の中、姿見で服装を正しながら彗花は頷《うなず》いた。どんくさそうなどんぐり目玉も、低いのが悩みの鼻も、くせっ毛をどうにかしようと諦めて久しい黒のボブカットも、いやになるほどいつも通りだ。ブレザーの制服に身をつつむ、どこにでもいる女子高生。

（いやー、なーんかおかしいと思ったんだよね！　庭上さんがうちに来てごはん食べて、それから……突拍子もなく事件が起こって。うん、夢に決まってるよあんなの！）

それから彗花は集団登校の待ち合わせ場所まで美葉と茎一を送り、自分も学校へ向かった。

授業も、昼休みも、つつがなく終わった。夢の中に出てきた隣人、庭上蓮も、二限目の途中に姿を現して以来いつも通り内職に没頭している。

そうして呆気《あっけ》なく迎えた放課後。彗花は夕飯の買い物をしようか、と迷ったが、結局そのまま家に向かった。母が帰ってくるからと張り切ってあれこれ買いだめしたのを思い出したのだ。

(あんな夢見たからかな、なーんか疲れてるし……今日は早くお風呂《ふろ》入って、)

寝よう——そう思いながらアパートの階段を上がり終えたところで、全身がピキンと強張《こわば》った。

「よぉ……アタシを待たせるなんて、いい度胸じゃねーか」

スポルティングバッグを肩からかけた庭上蓮が家の前で待ち構えて、にやりと悪辣《あくらつ》な笑みを浮かべている。その右の足首には、包帯が巻かれていた。

彗花は、へへ、と乾いた笑いを返す。わずかに許された現実逃避のひとときは、そこで容赦なく終わりを迎えた。


「出すのは曙栄壇社《しょえいだんしゃ》の『週刊ジェムス』月次新人賞。〆切《しめきり》は月末……だけど必着だから、実質はその前日。だから三〇日までに、ぜんぶ仕上げる」

「今日が八日だから、ええっと……三週間後かぁ」

蓮の言葉に、彗花は首を傾《かし》げる。

「……終わる、かな?」

「どっかのチビどもがやらかさなきゃ余裕だったんだけどな」

「うっ……ゴメンナサイ……」

毒のたっぷりこもった返答に、彗花はただただ身体を小さくした。蓮はというとこれ以上は無駄だと言わんばかりに、不機嫌を露《あら》わにして粛々《しゆくしゆく》と準備を進めている。

言葉少なに風呂《ふろ》と食事を終えた後、さすがに昨日のことを反省したのか、いやに大人しい双子を寝かしつけ、今は夜九時。どうしても気になることがあって、彗花は恐る恐る声をかける。

「ね、うちは、そのー……いいんだけどさ。ホントに、大丈夫なの？」

「……何が」

「おうちに、連絡するとか……こんな時間まで外にいて、お父さんやお母さん心配してない？」

ちゃぶ台で彗花の真向かいに座っている蓮が、手元の作業に注いでいた視線を、つ、と彼女に向ける。ぎくり、と彗花は全身が縮み上がるのを感じた。蓮の眼差《まなざ》しには、それ以上この話題を続けるならどんな手段を使っても口を塞いでやる——そんな殺気が充満していた。

（おうちのことは、NGなんだなぁ……うーん、心配だけど、しょうがないよね）

どうしても加害者側の負い目があって、強く出られない彗花である。その様子を悟ってか、蓮は再び視線を下げて仏頂面《ぶつちようづら》のまま作業道具を広げ始めた。

真っ白い紙——昨日から何度も目にするそれが〝漫画用原稿用紙〟というのだと、彗花はこのときパッケージを見て初めて知った。それから太さが何種類かあるペンと、消しゴム、定規、いろんな模様の入ったシート。それで一通り準備し終えたようだが、想像していたものが出てこなくて彗花は首を傾《かし》げる。

「よく漫画家さんが使ってるような、先が尖《とが》ってるペンとかは使わないの？」

「付けペンか？」手元でA４ノートを繰りながら蓮が返す。「合わなかったから、とりあえず安い製図用のペン使ってる。使いこなせるようになるまでちんたらやってる時間ねーし」

「そう、なんだ……？」

と言われても、彗花にはよく分からない。ベレー帽をかぶったお偉い先生が、インク壺《つぼ》にペン先を浸けて紙の上に走らせる、というようなイメージがあったので、それ以外の方法でも漫画が描ける、というのはなかなかにセンセーショナルだった。

ふと視線を感じると、ノートの紙面を見ていた蓮の目がこっちを見ていた。面倒だから先回りして、というような口調で彼女は付け加える。

「今はデジタルが主流だけど、同じ理由で使ってない。設備揃《そろ》えるの金かかるし」

「ふ、ふーん！　なるほどね～！」

とりあえず納得したふうな雰囲気を纏う。が、彗花にはその〝でじたる〟とやらが具体的に何を指すのかも想像もつかない。漫画界隈《かいわい》のことはおろか話題の芸能ニュースなどにも疎《うと》いため、クラスメイトからはたまにおばあちゃん扱いすらされるのである。

だが蓮は何の反応も見せず、ぞんざいな手つきで何枚かの原稿用紙を渡してきた。昨日、美葉と茎一の襲撃を幸運にも免《まぬが》れたもので、鉛筆書きで絵が描かれている。

「とりあえず、これ枠線ぜんぶペン入れして。終わったらゴムかけ。ちゃんとインク乾ききってるの確認してからにしろよ。そしたらトーンとベタ入れるところこっちで指定するからいったん渡せ。他の原稿ペン入れして待っとけ」

「……ぺんいれ？　ごむかけ？　とーん……に、べた……？」

ぴよぴよ、と彗花の頭の中でヒヨコが鳴いた。おそらく漫画の用語であることは察せられる、が、その具体的な内容が皆目見当もつかない。

蓮は手を止めて、首長竜が川を横切るのでも見るような目で彗花を凝視している。

「……まさか分からないとか言わねーよな？」

「……ごめんなさい、分かんないです。ホントはさっきの〝でじたる〟の辺りから分かってなかったです」

「ハァっ?!　じゃ、ぜんぶイチから説明しなきゃなんねぇのか?!」

おそるおそる、彗花は首を縦に振る。

それを見た瞬間、蓮は両手で髪をぐしゃぐしゃかき乱した。

「マジかよ、使えねー!!　くそっ、こき使うどころかすげぇ時間食うじゃねぇか……タスク配分考え直しかよ!!」

「だっだって、しょうがないじゃんっ！　普通は知らないでしょ、どうやって漫画描くかなん

て っ！」

双子が招いたトラブルなので負い目があるものの、そこまで言われてはさすがに彗花もカチンとくる。何の変哲もない日常を生きていたのに、ある日突然漫画を描くことになるなんて想像だにしていなかった。当然、その備えなどしているわけもないし、世間一般の女子高生はだいたい同じはずである。もっとも、目の前の庭上蓮はその〝世間一般〟には該当しないようだが。

「……っていうか逆に、庭上さんはなんでそんなに詳しいの？」

「あ？」

原稿の束を繰っていた蓮は、面倒くさげな一瞥《いちべつ》を彗花に投げた。そして、

「当然だろ、アタシはプロになるんだ。こんぐらい常識だ、常識」

こともなげにそう言って、自分の作業に戻った。

ぽかん、と彗花は口を開けた。プロになる、ということは、漫画で生計を立てる、ということだ。作品が雑誌に載ったり、単行本になったりすることだ。

小学校や中学校に通っていたころ、クラスでひとりかふたり、お調子者が大言壮語していたのを彗花は思い出す。将来はアイドルだ、芸人だ、ユーチューバーだ……ウケ狙いで言っているんだろうと思っていたが、あるいは本気で夢見ていた者もいたかもしれない。ただ、実際行動に移していた事例を、少なくとも彗花は知らなかった。

だけど、今目の前にいる少女の言葉は違った。

気負いなく言い放たれたことが、却《かえ》って彼女の本気を示唆している。そこに茶化すことのできない重みを感じて、彗花は何も言えなくなってしまった。

「とりあえず、これ」

惚《ほう》けた状態から、彗花は慌てて意識を切り替えた。

蓮がちゃぶ台の向こうから身を乗り出して、指で何かを示している。それは先ほど彗花に渡してきた原稿の紙面だった。

「枠線……この、こういう線あるだろ。これらをペンでなぞってってくれ。ミスってタイムロスするのアホらしいから、ゆっくりでいい。ペンはこれ。定規も、出してるの使え」

「りょ、了解！」

彗花は座り直して居住まいを正し、指定されたペンと三〇センチの定規を手にした。

さきほど蓮が示した、縦や横、斜めの線は、原稿用紙上を様々に区切っている。どこかで聞きかじったうろ覚えの知識だが、確かこういうのを〝コマ割り〟というのだと彗花は思い出した。

（間違えないように、丁寧に……！）

紙面に定規を当て、ペンのキャップを抜く。そしてその先端をゆっくりと定規に沿わせ――ようとしたところで、ちゃぶ台の向こうからまた蓮の手が伸びてきた。

びっくりして彗花が固まっていると、蓮は定規をひっくり返し、それだけ済ませると手を引っこめて、手元のノートを繰り始める。

「……庭上さん、今のは何の意味が？」

「定規、尖《とが》ってるほうを上にするのが基本」

言われてよく見ると、線を引きやすくするために斜めに付けられている定規のエッジが、下の紙との間に隙間ができるように置かれている。

「え、でもそれ、逆に引きにくいんじゃない？　いつもは尖《とが》ってるほう下にするよ？」

「それだとインクが滲《にじ》むことがある。そのペンは早く乾くからあんまないけど、なってからじゃ遅い」

「そうなんだ……じゃあ、そうするね」

正直、彗花はまだ釈然としていなかったが、蓮の指示に従うことにする。定規で線を引くことひとつとっても、漫画を描くのは色々と違うらしい。

改めて気持ちを引き締め、いよいよ作業に取り掛かる。

左手を定規に添え、右手に握ったペンの先を、そうっと紙面に着地させる。それからおっかなびっくり手を動かして、何とか一本引き終えた。爆弾でも解体するような心地になって、ふぅ、と小さく息を吐いたが、まだまだこれからだ。この一枚だけで、あと五本は線引きしなければならない。それも、今のは画面を横切る長い一本で引きやすかったが、その半分の幅にも

満たない線が大半だ。

（こんなに定規たくさん動かすの、はじめてだよぉ……）

しかも、インクが滲《にじ》まないように、と言われているので、引いたばかりの線に触れないように定規を当てていく必要がある。加えて失敗できないという気負いが、普段の生活では縁のない緊張感を彗花に強いた。

心の中で泣きべそをかきながら何とか一枚仕上げるも、それだけでどっと疲労が押し寄せてきた。それから緩んだ頭に、あ、これ、最初に段取りある程度決めなきゃいけないヤツだ、と今さらな考えが浮かんできた。

「えーっと……庭上さん、こんな感じで大丈夫かな？」

いまいち自信が持てず、おそるおそる訊《たず》ねてみる。

対岸の蓮はノートを脇に置いて、まっさらな原稿用紙にシャープペンシルで下書きをしているところだった。作業の手を緩めて視線だけ彗花に……というより、彼女の受け持つ原稿に投げると、ひとつ頷《うなず》いてから自身の仕事に再び没入した。

ひとまず問題ないようで、ホッと胸を撫《な》で下《お》ろす彗花である。描き終えた用紙をどうするか悩んで、とりあえずインクが完全に乾くまで床に安置することにした。それから次なる一枚を正面に据え、いざ、と意気込む。

（えっと、これは最初に右上から攻めてったほうがいいかな？）

さきほどの教訓を生かし、ある程度頭の中で手順をシミュレートする。今回は先ほどより小さなコマが多いので、今手元にある三〇センチ定規ではやりにくそうだ。

などと思っていると、視界の端に何かが割って入った。ちゃぶ台の上に出していた三角定規を、蓮が左手で押しやってきたのだ。

「一円玉貼り付けてるほうが下」

と、自身の原稿から目を離さないまま付け加える。その三角定規を見てみると片面の三点に一円玉が貼り付けてあり、紙面とわずかな隙間を生み出している。それが三〇センチ定規についているエッジ替わりなのだと気づいて、彗花は感嘆した。

（こっちのことそんな見てないのに、なんで気づいたんだろ……？）

ふと、美葉と茎一が好んでよく観る妖怪アニメを思い出す。頭頂部、長髪に隠れてもう一対の目を持ってあちこち見渡すオババがいて、それにそっくりだ……なんてバカなこと考えていると、手を止めているのを察知した蓮が睨《にら》んできて、彗花は慌てて二枚目にとりかかった。

三〇センチ定規より小ぶりな三角定規はすぐ手に馴染《なじ》み、小回りもよく利《き》いた。事前に想定した順番通りに線を引いていくと、さして支障もなくスムーズに完了する。

「すごいっ……庭上さん、できたっ！　わたしにもできたよっ！」

さっきより細かな画面構成なのに一枚目より短時間でできた喜びが、思わず声に出た。「おーすごいすごい」とどうでもよさげな蓮の返しも気にならない。

（こういうのって、〝ものづくり〟ってヤツじゃない？　なんかちょっと、楽しいかも……）

原稿をじっくり眺めながら、彗花はそんなことを考えた。美葉や茎一が折り紙をしたりぬり絵をしたりする手伝いをしても、自分自身が何かを作ることからは遠のいて久しかった。父が亡くなり母が外に出るようになってから、家の中を取り仕切るので精一杯だった。今も中学時代も帰宅部だし、これといって趣味もない。

でも今、この原稿用紙の上に、線を引いた。

それは、ちっぽけな一工程に過ぎない。これが完成するまでには、蓮が口にしたようないくつもの作業を経なければならないのだろう。だけど、それでも。

そのひとつを、確かに自分は成し遂げた。その実感が、血を熱くする。

（よぉーし、次に行こ！　次！）

それから彗花は何本も何本も、枠線を引き続けた。長い線は三〇センチ定規で、込み入った画面は三角定規で。そうして使い分けながら、最初の頃よりだいぶ慣れてきた。

夢中になって作業に没頭していたが、ふいに目がかすんで手が止まる。不思議に思って壁時計を見遣《みや》ると、午後一〇時半を指していた。いつもなら宿題も終えて、ゆっくりと寝る準備を始める頃だ。頭はいやに冴《さ》えているが、身体は眠りを欲しているようだ。

（ひええ……！　あれだけやってまだ一〇枚なの……?!）

線を引き終えたものを手に取って集計し、彗花は肩を落とした。間違えないように、と慎重になりすぎたのがいけなかったか、戦果は芳《かんば》しくない。

（……確かこれ、ぜんぶで六四ページ、とか言ってたよね……）

蓮の言葉を思い出して、軽く血の気が引いた。単純計算しても、この六倍の作業が残っていることになる。ものづくりだ、などと浮かれていた気持ちが、急にしおれてしまった。

（漫画描くって、大変なんだなぁ……しかも庭上さん、それひとりでやってたんだ）

ちらり、と彗花は向こう側にいる蓮を見た。

彼女は今もシャープペンシルを動かす手を休めず、一心不乱に下書きを続けている。自分は一時間半の作業でへタれているのに、と彗花は目を瞠《みは》った。そして気づく。その蓮の眼差《まなざ》しが、授業中の内職に注いでいるのと同じくらいの熱量を帯びていることに。

（そっか、あれもきっと漫画のための何かをやってたんだ）

画材道具を見かけたことはなかったから違う工程なのだろうが、間違いないと彗花は確信する。そしてそれは、さらなる疑問を呼び起こした。

（……なんで漫画なんだろ）

中学時代の悪評、はさて置くとしても、蓮の外見から受ける派手なイメージと〝漫画を描く〟という地道な行為とには、ものすごくギャップがある。庭上蓮はメイクしたり着飾ったりもしないが、そのシャープな目鼻立ちは凜《りん》としていて、平均身長より少し高い背丈にスタイルのよさも兼ね備えている。原宿でも歩いていればスナップを一枚、と声をかけられ、そのまま読者モデルになってしまえそうな少女だ。

それが今は彗花の目の前で、長い前髪をヘアゴムで金太郎みたいに雑にまとめて、パーカー＋スウェット姿で腕まくりをし、ちゃぶ台に噛《かじ》り付《つ》いている。まさかクラスメイトのこんな姿を自宅で見ることになるなんて思わず、もしかして夢でも見ているのでは、と彗花はこっそり頬をつねった。

もちろん痛かったので夢じゃないし、それに——

（庭上さん、すっごく真剣だ）

いつも教室で横から盗み見るしかなかったその表情に相対し、彗花は息を呑《の》む。

原稿用紙を凝視する庭上蓮の眼差《まなざ》しは、いのちを賭ける者のそれだった。

遊び半分、といった気持ちは、どこにもない。崖から崖に渡した一本のロープの上を歩いていくような——そこから落ちれば即座に死ぬような、そんな大勝負に挑む者が放つ鋭い光を、その眼は湛《たた》えている。そして彼女は自分が負ける気など、毛頭ないのだ。

『アタシはプロになるんだ』——その言葉に感じた重みは、覚悟から生まれているのだと気付いて彗花は喉《のど》を鳴らす。

そんなふうにして何かに打ち込む人間を、彗花は見たことがなかった。自分も彩絵も星加も、クラスの同級生も、接してきた大人たちも——誰も。今目の前にいる庭上蓮ほど、必死に生きようとはしてなかった。

それほどまでに彼女を駆りたてる理由が気にならないと言えば、嘘《うそ》になる。だがそれは、容易に触れていいものではないはずだ。

庭上蓮には、庭上蓮の事情がある。池野彗花に、池野彗花の事情があるように。

だから今自分にできるのは、黙々と枠線を引き続けることだけだ。

（……って言っても、美葉と茎一のせいだからこっちが迷惑かけてるんだけど）

とほほ、といまいち締まらない自分を情けなく思いながら、彗花は立ち上がった。水でも一杯飲んで目を醒《さ》まそう、とキッチンへパタパタ駆け込む。

（そうだ、庭上さんもなんか飲むかな）

コップの水を飲み干してから気づき、ひょっこり居間へと頭を出した。そして、おーい、呼びかけようとして目を丸くする。

「…………すぅ…………」

さっきまで猛烈な勢いで下書きを進めていた蓮は、シャープペンシルを持つ手をそのままに、こくりこくりと舟をこいでいた。その無防備な姿に呆気《あっけ》に取られながらも、彗花は抜き足差し足で歩み寄って、彼女の傍《かたわ》らにしゃがみこんだ。

「庭上さん？　……おーい、寝ちゃって大丈夫ー？」

「…………すぅ…………すぅ…………」

「寝るなら、お布団《ふとん》で寝よ？　向こうの部屋に敷くからさ」

「……………すぅ……………すぅ……………」

控えめに声をかけてみるも、よほど疲れて眠りが深いのか、蓮はまったく応じない。肩に手をかけて揺さぶってみるか、とも考えたが、眠る蓮の横顔があまりにあどけなく……それこそ、美葉や茎一の寝顔のように健やかだったので、なんとも躊躇《ためら》われた。

(でもこれ、月末までに仕上げるんだよね？　………よし！)

彗花は静かに立ち上がり、自分の部屋へと向かう。ブランケットを持って忍び足で居間へと戻り、起こさないように注意を払いながら蓮の肩にかけてやった。

それから自分の定位置について、枠線引きを再開する。

とにかく、今自分にできることを、できうる最大限まで。

そうやって手を動かし続けて、いつしか彗花もまたその場で眠ってしまっていた。

∞∞∞

「なんで起こさないんだよ、アホか?!」

「だ、だって！　よく寝てたんだもん！」

「〆切《しめきり》までヤバいっつっただろ……！　クソッ、全然進んでねぇ！」

ちゃぶ台の前で頭を抱えながら、蓮はクレームを入れてくる。だが彗花にはそれを正面から受け止めるだけの余裕はない。

「美葉、ちゃんとランドセルに教科書しまって！　あーっ、茎一っ、シャツのボタン一個飛ばしてる！　ほら、ふたりとも給食袋は？　ハンカチも入れた？」

　自身も登校の支度をしながら、朝っぱらから走り回る双子に矢継ぎ早に指示を飛ばす。普段ならもう少しゆとりを持っているところだが、既に時刻は七時四五分。八時過ぎには家を出ないと間に合わないため、今が朝食をとるギリギリのタイミングだった。まだ何か言いたげな蓮を振り切って、彗花はキッチンへと駆け込む。

　いつもの彼女は六時に起きて、朝食と自分のお弁当の準備を済ませてから七時ごろに双子を起こすのだが、今日は目が覚めたら七時一五分だった。こんなことはめったになくて、慌てながら美葉と茎一を叩《たた》き起《お》こした。声をかける前に蓮は目覚めていたが、その顔は青ざめていてしきりに原稿の進行状況を嘆いている。

　それを申し訳なく思いながら（そして絶えず手を動かしながら）、彗花はこんな時間まで寝こけてしまった敗因を考えた。そしてすぐに、部屋の充電器にスマートフォンを差しっぱなしにしていたと思い至る。昨晩作業しながらいつの間にか居間で眠ってしまった彗花のもとに、いつも優しく起こしてくれるアラーム音は届かなかった。おまけに、布団《ふとん》も敷かない畳の上で寝たからか身体中がギシギシと痛い。

（昨日寝たの全然気付かなかったなぁ。とりあえず、線ぜんぶ引いちゃおうって思ったのに）

なんとか二〇枚めを完成させたところまでは憶《おぼ》えているが、そこから先はぼんやりとしている。もしかして眠気に負けて変な線を引いていないか、と冷や汗を掻《か》くも、今はとにかく朝ごはんだ。

スクランブルエッグを作る暇すらなく、冷蔵庫からありあわせのものを引っ張り出す。いつもの習慣で昨晩のうちに準備していた白米が、炊きあがっていたのだけが救いだ。人数分の茶碗《ちゃわん》を準備して手早く盛り付けると、おぼんに載せて居間へと運ぶ。

「おまたせっ！　美葉、茎一、自分の分まぜまぜして！」

「「はーい！」」

きちんと着替えて顔も洗い終えた双子は、とてとてとダイニングテーブルの指定席に座るとちゃっと箸を構えた。そして彗花が持ってきたおぼんからカップをそれぞれ取って、ぺりりとフィルムのフタを剝《は》がす。

ちゃぶ台で画材を片付けていた蓮が、その様子をギョッと見ている。配膳しながら、彗花は訊《たず》ねた。

「どうしたの？」

「……なんでもない」

「いや、明らかに様子、ヘンだよ？　体調でも悪いんじゃ……」

彗花は気遣いを見せるが、蓮は頑《かたく》なに口を噤《つぐ》んでただ一点を凝視するばかりだ。その先を追うと、美葉の手元に辿《たど》り着《つ》き、あっ、と彗花は声を漏らした。

「美葉！　納豆で遊んじゃダメっていつも言ってるでしょ！」

「だってビヨーンと伸びるの楽しいのです！」

「ああっ、言った傍《そば》からこぼしてるっ！　……茎一、醤油《しょうゆ》入れすぎだってバレてるからね？」

「だってタレだけじゃ……タレだけじゃ足りないのです！」

　双子はカップに入った納豆を、思い思いに育てる。十分にまぜ終えたそれを、自分の茶碗《ちゃわん》に盛られた白米の上にとろりと載せた。それを見た蓮が、ヒッと悲鳴を上げる。そのタイミングの良さに、彗花の脳裏にある推測がよぎった。

「庭上さん、もしかして納豆あんまりすきじゃない？」

「………………………………………………」

「あ、そうなんだ……味とか匂いとか、確かにクセあるもんね」

「……その辺は、食ったことねーから知らねぇけど……」

「⁇　そうなの⁇」

　単なる食わず嫌いで、ここまでの拒否反応が出るものだろうか……彗花は不思議に思いつつ、試しにカップをひとつ手に取って差し出すと、彼女は目に見えるほどわかりやすく身体をビクつかせた。

「よ、寄せんな！　臭ぇし‼」

「えぇー？　それがいいんだけどなぁ」

パックを持った彗花の手が離れると、蓮はふぅ、と深いため息を吐いた。心底安堵《あんど》しているような、そのくせ、どこか残念そうな、そんな矛盾を顰《ひそ》めた眉に感じさせる。

（まぁ無理することもないけど……まだ食べたことがないんだったら）

むう、と一瞬悩んでから、彗花は持っているカップの包装を剝《は》がした。付属のカラシに、これだけは意地で刻んだ小ねぎを入れると、中の納豆を手際《てぎわ》よくかき混ぜる。

よく粘り気が出てきてから付属のタレと、醬油《しょうゆ》をほんの数滴垂らして、また混ぜる。ほどなく、いい塩梅《あんばい》に仕上がった納豆ができあがり、それを一口分だけ、自分の茶碗《ちゃわん》の上に載せた。

「せっかくだから、ちょっとだけでもどう？　やっぱダメならそれでいいしさ」

「ふ、ふざけんな、そんなもん誰が……」

と威嚇するように顔をしかめた蓮だったが、最後まで言い切る前に双子の呑気《のんき》な声が割って入った。「納豆ちゃんまいうーですー」「朝はこれがなきゃ始まらんですー」などとはしゃいで茶碗《ちゃわん》の中身を掻《か》きこむふたりに、蓮もごくりと喉を鳴らす。

好奇心が警戒心を上回ったらしい。立ち上がるとおそるおそる歩を進め、彗花へと寄ってきた。それから茶碗《ちゃわん》と箸を受け取り、意を決して、ひと口頰張る。

「……！」

ぱあぁ、と表情の晴れ渡る擬音を彗花は聞いた。

蓮は噛《か》み締《し》めるように納豆を咀嚼《そしゃく》すると、じとりと半眼で茶碗《ちゃわん》を差し出してきた。

「…………………………ぜんぶ食う」

その頬には赤みがさしていて、思わず彗花の頬も緩む。

「はい、それじゃあちゃんと座ってね。……わっ！　あと五分しかないよ！」

双子の正面に並んで腰かけたふたりは、慌てて自身の朝食を掻《か》きこむ。

それは朝の四人掛けのダイニングテーブルが、久しぶりに埋まった一幕だった。


食器洗いは諦めて最速で歯を磨き、四人はなんとか八時過ぎに家を出た。

アパートのほど近く、集団登校の集合場所まで美葉と茎一を送った後、彗花は高校に向けて小走りで出発しようとした。ここから歩いて十五分、だが既に出遅れてしまっている。ちょっとでも早く、距離を詰めておきたい。

だがその後ろに蓮がついてくる気配を感じず、振り返る。案の定、彼女はすぐそこのコンビニに入って行こうとしたところだった。

「ちょ、ちょっと庭上さん⁈　遅刻しちゃうって！」

彗花の声にため息を吐き、蓮は店内に突っ込みかけていた足を戻した。

「一限はサボる。ジェムス発売日だし、読んでから行くわ」

「ええっ⁈　いや、ダメでしょ！　ほら、ちょっと走ればまだ間に合うから……」

焦《じ》れてその場で駆け足のポーズをとってしまう彗花に、蓮はさっきより大きなため息を投げつける。

「アホか。一緒に登校したら変な噂《うわさ》立つだろ」

「……あ」

蓮は右手を頭に当てて、ガリガリと掻《か》く。

「面倒ごとはごめんだ。誰かにバレたら動きにくくなるしな」

確かに、昨日まで大した接点のなかった彗花と蓮が並んで登校、となれば、教室の注目を集めてしまうのは避けられない。クラスメイトに理由を訊《たず》ねられても込み入った事情になるし、なにより、

「アタシが漫画《アレ》描いてるなんて、絶対誰にも喋《しゃべ》んなよ。バラしたらコロス」

「わ、わかった」

ギンッ、と殺気だった蓮の一瞥《いちべつ》に、彗花の足もピタリと止まる。

そもそも、他人にこの状況が露見するのを蓮自身がよしとしていないのだ。彼女としては、彗花に知られてしまったことも想定外のアクシデントだったのだろう。偶然ファミレスの前で見つけて声をかけたときも、口止めされたのを彗花は思い出した。

美葉と茎一の犯行さえなければ、こんな事態にはならなかったのだ。そう考えると彗花はた

も誰、る せ見で室教段普 。すら逸《そ》を顔とっいふ、め緩をわしの間眉も蓮て見を女彼たし縮委

だただ口を噤《つぐ》むしかない。

委縮した彼女を見て蓮も眉間のしわを緩め、ふいっと顔を逸《そ》らす。普段教室で見せる、誰も寄せ付けないあの雰囲気をまとう。

「学校じゃこれまで通りで。じゃあな」

「うん。……！　あ、あのっ、庭上さん！」

「んだよ……」

ちっと舌打ちしてこちらを向く蓮に、おそるおそる彗花は告げる。

「髪の、ここんところ。ごはん粒ついてる」

「……!!」

彗花が自分の髪を触って示すと、すぐさま蓮は手をやって確かめる。二三粒くっついていた朝食の名残《なごり》を乱暴にとると、それ以上は何も言わず、蓮はコンビニへ入って行った。店の自動扉の向こうに消えていく寸前過《よぎ》ったその横顔は、恥ずかしいのをごまかすように真っ赤な怒り顔だった。

（……庭上さんって、結構分かりやすい人なんだな）

笑っちゃ悪いと思いながらも、彗花はつい小さく噴き出す。が、予鈴までのタイムリミットが着々と迫っているのに気付いて、カバンを抱えて走り始めた。

そんなふうにして、彗花と蓮の奇妙な同居生活はスタートした。

⚭⚭⚭

日中学校にいる間は、お互いこれまで通り、ただ席が隣なだけのクラスメイトだ。

彗花は、授業ではノートをとって、昼休みは友達とごはんを食べて、当番のときは掃除をしてから、夕飯の買い物を済ませて家に帰る。

蓮は、遅刻して登校したり、授業中は相変わらず内職をし、掃除当番や時には五限ごとサボって教室からエスケープする。

同級生は誰も想像しないことだろう。傍目《はため》にはまるで交流のないふたりが、池野家の居間のちゃぶ台を挟んで向かい合い、原稿用紙相手に格闘している光景など。

だがそれは紛れもない現実で、今も彗花はせっせと枠線を引いている。

ペースも摑《つか》みかけてきた、三日目の晩。慎重に定規とペンを動かしコマを区切り続ける苦行にも、ようやく終わりが萌《きざ》してきた。だがその気のゆるみが、ペン先のブレを生む。きっちり閉じられるはずの大ゴマの端が、ぐねっとうねってしまう。

(うっ……また怒られちゃうよぉ……)

彗花は心の中で泣いた。初日、寝落ちる寸前に引いた枠線は案の定、急カーブや弧を描いていてとても使い物にならず、確認した蓮がすかさず怒号を飛ばしてきた。美葉と茎一の過《あやま》ちを償う……どころか、盛大に足を引っ張ってしまっている自分に、彗花自身も腹立たしさを覚えたくらいだ。

以来、時間がかかってもとにかくミスなく丁寧に、と厳命されている彗花である。蓮もいろいろ懲りたらしく、あまり画面を描き込まずほぼ枠線だけの原稿用紙を彗花に回して、そこから下書きをするようになった。双子にこれまでの仕事を台無しにされた彼女は、しかし一度切り替えるとそこからは速く、口数少なく手を動かし続けている。今は彗花が引いた枠線、そのコマ割りの中にシャカシャカとシャープペンシルで人物を描き込んでいるところである。

その集中は凄《すさ》まじく、授業中の内職以上に没頭している。そんな姿を見ていると、とても「またミスっちゃいました」などと言い出せるわけもなく、彗花はとりあえず後で判断を仰ぐことにした。作業を進めようと別の原稿用紙を手に取った……ところで、ふと異変に気付く。

それまで逡巡《しゅんじゅん》なく動いていた蓮の手が止まって、ペン先をカツカツと額に打ち付けている。ちらりと窺《うかが》い見《み》ると、誰にはばかることなく眉間にしわを寄せ歯ぎしりし、不機嫌丸出しの様相だ。そして突然消しゴムを手に取り、ガシガシとコマの中の登場人物たちを消していく。

（思ったように描けない、って感じかな……？）

その彗花の推測は当たっていたようで、蓮は何度かペンを走らせては消し、走らせては消し、という工程を繰り返す。大きなコマの中のキャラクターが狙い通りに描けないらしい。そのページの見せ場なので納得のいく作画をしたいのだろう、と素人《しろうと》ながらに彗花も慮《おもんぱか》った。

だが蓮の気持ちは空回り、なかなか望む結果に辿《たど》り着《つ》けないようだ。

再び消しゴムを求めたその指先は逆に弾いてしまった。消しゴムはちゃぶ台の上を勢いよく跳ね、彗花の手元にやってくる。

「はい、庭上さん」

「……おう」

労《いた》わるように微笑《ほほえ》んで彗花が手渡すと、蓮はぶっきらぼうに下唇を突き出して受け取った。

まったく彼女らしい、ともうひとつ笑みをこぼしながら彗花は、ふと思い出す。

「そういえば、これと逆のことあったよねぇ」

「あ？」

「ほら、四月の、高校始まったばっかのときにさぁ。授業中、わたしが落としちゃった消しゴム、庭上さんがとってくれたじゃん」

まだひと月ほどしか経っていない、それでも既に昔の話。あのときの彗花は高校に進学したばかりで、気心の知れた彩絵とも星加ともクラスが分かれ、毎日心細く登校していた。それはクラス替えの時期には特有のものだったが、中学の頃とは環境が一変したことでさらに拍車がかかっていた。

加えて隣の席になった少女は、自分になど眼もくれず顔を背けてばかり。もっとも、彼女は他の誰に対してもそんな態度をとる性分だとすぐに判明したものの――それでも、内心不安だったのだ。彼女のその頑《かたく》なな姿が、これからの高校生活に暗雲が垂れ込めていることの予兆のような気がして。

だから、余計に嬉《うれ》しかった。うっかり手を滑らせて彼女の足元に落としてしまった消しゴムを、わざわざ拾って渡してくれたのが。しかも、熱心に勤《いそ》しんでいた内職を中断してまで、である。

彩絵にも星加にも感情が表に出やすいとよく言われる彗花は、そのときも喜びを笑顔にして、小声でお礼を伝えた。とはいえ、蓮のほうは馴《な》れ合《あ》い無用と言わんばかりに自らの仕事に戻っていったのだが。

「……あはは。憶《おぼ》えてないよね、そんなこと」

彗花にとってはわりと心に残る出来事だったのだが、蓮にとっては取るに足らない些事《さじ》にすぎなかっただろう。彼女はひとつ鼻を鳴らして、「そうだな」と短く返すと、消しゴムを持つ指に力を込めて、勢いよく紙上の線を消し始めた。

少しがっかりしながらも、彗花は自分も作業に戻ろうとした。だが、正面の蓮の手が止まったままなのが目について閃《ひらめ》く。

「ね、詰まっちゃってるなら休憩しよ？　あったかいお茶でも淹《い》れるからさ」

「いい。そんな時間ねぇ」

「んー、でも、さっきから進んでないでしょ？　ちょっと休んだほうが仕事の効率よくなるって、テレビで外川《とがわ》先生も言ってたよ。あ、外川先生ってね、『五時間並ぶ弁護士事務所』でよくゲストに出てるエッセイストなんだけど、」

庭上さんあの番組見てる？　という彗花の言葉は、蓮のわざとらしいため息に遮られる。

「わかった、休憩する。すりゃいいんだろ？」

降参を示すように蓮はペンを離した手を広げてみせて、それから床に寝転がった。物言いこそつっけんどんだが、まるで美葉と茎一が拗《す》ねたときのようで、彗花はこみあげる笑いを噛《か》み殺《ころ》した。そしてお茶を淹《い》れようと立ち上がったところで、キッチンへ向かう足を止める。

すー、すー、という微《かす》かで、しかし穏やかな音。

振り返ると蓮が大の字になって、そのまま眠ってしまっていた。

(早っ……！　じゃなくて、起こさないと……！)

彗花はパタパタと駆け寄ってしゃがみこむと、蓮の肩に手を置いて遠慮なく揺さぶった。

「庭上さん……庭上さーん！　起きてー！　おーきーてーくーだーさぁーい！」

夜間なのでちょっと声量を気にしつつ、それでも蓮の耳元ではっきり話しかけた。だが、まるで起きる気配がない。むむ、と彗花は顔をしかめる。

蓮はいったん寝てしまうと、いくら試みても目を醒《さ》まさないのだ。初日に怒られたので声をかけるようにはしているのだが、一回も成功した例《ためし》がない。彗花が肩を揺らしても、耳元で名前を呼んでも、まるで効果がない。そのことを本人に伝えても信じなかったので、動画を取ってようやく納得させる一幕もあったばかりだ。

ふう、とため息を吐いてから、彗花は壁の掛け時計を見る。針は夜一〇時半を指していた。安らかな蓮の寝息を聞いているとこちらまで眠気を催して、彗花はパタパタと頭を振って追い払う。

居間の隅に畳んで置いてあったブランケットを蓮にかけてやってから、彗花は自らの定位置に戻って作業を再開した。初日のようにアクロバティックな線を引かないように、と心がけながら、それでも彼女もいつしかまどろんでしまっていた。


「彗花、なんか購買続きじゃん？　珍しくない？」

「そ、そっかな？」

その翌日――蓮が池野家に居候《いそうろう》を始めてから四日目、金曜日のこと。

屋上で昼食をとっていた彗花は、一緒にいた星加にそう言われて身を強張《こわば》らせた。平常心、平常心、と胸の内で唱えながら、用意していた言い訳を口にする。

「最近、美葉と茎一が学校で借りてきた本読んでってうるさくてさ。寝るの遅くなっちゃって、朝起きれないんだよね。お弁当どころか、朝ごはんもヤバくて」

「へー、そりゃ大変。双子は相変わらず元気いっぱいだねー」

星加はすんなり信じたようで、野菜ジュースの紙パックを啜《すす》り、自身も購買で買ってきたサンドイッチにパクつく。友達に嘘《うそ》を吐くのは心苦しかったが、それでも彗花は安堵《あんど》した。

蓮の作業を手伝うようになってから、彗花は居間で寝落ちてばかりいる。初日の反省を活《い》かしてスマートフォンも傍《そば》に置くようにしているのだが、慣れない生活の疲れか眠りが深く、目を醒《さ》ますのは決まって七時を過ぎてからだ。

そんなこんなで、連日購買のお世話になっている彗花である。運動部の猛者《もさ》たちが軒並みかっさらっていったあと、棚に残っていたアンパンをもそもそと食べながら内心ボヤく。

(パンも悪くないけど、続くと飽きちゃうなぁ……来週こそお弁当持ってこよ。お夕飯のときに一緒に作って、詰めるだけにしとけばいいよね。あ、それならついでに庭上さんの分も)

と考えて、蓮の睨《にら》む顔が脳裏に浮かび、ぷるぷる頭を振る。一緒のお弁当を持っているなんて誰かに知られたら、それこそ面倒なことになる。

緊張感のない自分に肩を落としていると、隣に座っていた彩絵が、箸を持つ手を止めて覗《のぞ》き込《こ》んできた。

「彗花……どうかした？」

「え?! いや、全然?!」

「そう？　なんかちょっとやつれてるけど……ホントに寝不足だけ？」

「え、えー、そんなひどい顔⁉　朝ごはんちゃんと食べてないからかなーあはは！」

最後の笑いは自分でも取ってつけたようだと感じ、彗花は冷や汗を掻《か》いた。が、真面目な彩絵はそのまま受け取ったらしい。膝の上のお弁当箱を彗花に手渡してくる。

「はい、すきなの食べて。菓子パンだけじゃ足りないでしょ」

「いやっ、そんなつもりじゃ……！　せっかくおばさんが作ってくれたのに、わたしが食べちゃ悪いよ」

「いいって。母さんの手料理なんて、家帰ればいくらでも食べれるし」

彩絵は遠慮させないように、そう言ったのだろう。けどその微笑《ほほえ》みを見て、彗花はなぜだか胸がチクリと痛んだ。

晴れた五月の空、彗花の遥《はる》か頭上をどこかへ向かう飛行機が、どお、と行き過ぎる。その轟《ごう》音《おん》が刹那、空洞に響くよう全身に満ちた。そうして動けないでいる彗花の右側から手がにょきっと伸びて、彩絵の弁当箱から唐揚げをひとつつまみ上げる。

「んじゃーいっただきまーす！」

「あっ、こら星加！」彩絵が呆《あき》れ顔《がお》になる。「もー、行儀悪いんだから」

「へへー、どう食べたって腹に入りゃ一緒でしょ」

言いながら唐揚げを咀《そ》嚼《しゃく》して飲みこみ、星加はペロッと指先を舐《な》めた。その様子がおかしくて、彗花も真似《まね》してたまご焼きを指でつまみ、口の中に放り入れる。彩絵はふう、とため息を吐きながら、きちんとお箸を使って里芋の煮っ転がしを食べた。

「でもさー」と、紙パックのストローを加えながら星加。「彗花、確かに疲れた顔はしてるけど、帰るときとか楽しそうじゃん？　マジでなんかあった？　まさか恋？　恋しちゃって夜も眠れない系⁇」

ゴシップ好きの星加が目を光らせる。これがろくな展開に繋《つな》がらないのは、彗花も彩絵も中学時代にほとほと経験済みだ。

こういうときは逃げるに限る。「ないない！」と彗花は即否定してパンを食べきり、予鈴よりだいぶ早く教室に戻っていった。

(楽しそう、だって。そんな浮かれてるように見えるのかな……？)

授業中、教師の話を右から左に聞き流しながら、彗花は一人反省会をする。どうにも、ちょっとした非日常に浮足立っているようだ。そんなことではいけない、と自分を窘《たしな》めて、帰ってからのことに思いを馳《は》せる。

(昨日で枠線引き終わったし、別のところ手伝えるかな？　うーん、もっと色々できたらいいんだけど、他にどんな作業があるんだっけ。とーん、とか、べた、とか言ってたよね)

ちらり、と左に視線をやると、隣人——庭上蓮は今日も黙々と内職に勤《いそ》しんでいた。立てた教科書の隙間から見えるそのノートに憶《おぼ》えがあって、彗花は目を瞬《しばた》く。確か原稿用紙に下書きをする際、蓮がよく参照しているものだ。

（あれ、何が書いてあるんだろ）

と思って顔を向けると、ぎろり、と鋭い眼光が飛んできた。蓮のその一瞥《いちべつ》で彗花は知らぬ間に身を乗り出していたことに気付き、慌てて姿勢を正す。

さらに運悪く、「はい、じゃあこの問題を池野」と当てられてしまって、彗花はしどもどしながら教科書をめくった。


「は？　漫画はどういうふうにできあがるか、だって？」

きょとんとした眼差《まなざ》しが、ちゃぶ台の向こう岸から返ってきた。

その日の晩、双子を寝かしつけて作業を開始する前に、彗花は蓮に思い切って話しかけてみた。

「うん。大まかにでも知っといたほうが、他の作業もスムーズにできるかなって思って、その……」

次の手伝いに移る前に、と思ってのことだったが、直後場を支配した重苦しい沈黙に尻切れトンボになる。

蓮はしばらく口元をひん曲げていたが、やがて手元の原稿を一枚彗花に渡してきた。

「それ、下絵をゴムかけして」

「え？　う、うん」

放り投げられた消しゴムを受け取りながら、鉛筆線を消すように指示されたのだ、と彗花はワンテンポ遅れて理解した。そして自分の要求が見事にスルーされたことに項垂《うなだ》れる。

（まぁ、時間ないってしょっちゅう言ってるもんね……仕方ないかぁ）

のろのろと目の前に原稿を安置して消しゴムをかけ始めると、

「時間ねぇから、作業しながら話す」

ぼそりとそう言う、蓮の声が聞こえた。

素っ気ないような表情を作っているが、下唇を突き出した口元はどことなく嬉《うれ》しそうに見えた。ざっざっ、とペンを走らせる音に、蓮の声が重なる。

「漫画を作る、一番始めは――どういう話を描きたいのか、考える。どんなとこで、どんなヤツらがいて、どんなことをするのか……それで自分が、何をぶつけてぇのか。とりあえず、片っ端から描きだして、まとめてく。必要なら、調べものとかもしたりして」

「うん、うん」

彗花も消しゴムをかけながら、耳を傾ける。

「それがだいたいできたら、ネームに起こす」

「ねーむ？」

「漫画の……なんつーかな……設計図、みたいなもんだ」

蓮はおもむろに手を止めて、傍《かたわ》らに置いていたノートを顔の横に掲げた。あっ、と彗花は驚いた。それは蓮が内職のときに広げているものだった。

ぱらぱらと彼女は中身を開いて見せた。ページはいずれも枠線に区切られていて、漫画のように見えた……が、いずれも鉛筆書きだ。

「話をどうやって漫画の形にするか、考えたのがネーム。ここが結構、時間食うんだ。どんな画面にするのか、どんな構図がいいか、もっといいセリフにできねぇか……かなり悩む」

「へぇー……でも、設計図ができたら、あとは描くだけだもんね。ここが一番の山場なんじゃない？」

呑気《のんき》な彗花の感想に、蓮はにやり、と意地の悪い笑みを返してくる。彗花が肩をビクつかせている間に彼女は腰を上げ、何を思ったか隣へとやってきて、どかりと座り込んだ。いきなりの行動に目を白黒させている彗花を差し置いて、蓮は面白がるように言う。

「ゴムかけ、終わったか？」

「え、あ、うん」

ちゃぶ台の上の原稿を自分のほうへと引き寄せると、蓮は消しカスを払って、黒い筆ペンを手に持った。

「ネームができれば、下書き。下書きが終われば、ペン入れ。ペン入れが終われば、ゴムかけ。それも済んだら……とりあえず、今回はベタ入れだな」

聞き慣れない単語に彗花が首を傾《かし》げているうちに、蓮は筆ペンを原稿用紙の上に走らせる。画面の中のキャラクターの髪や目、服の一部、それから背景など、逡巡《しゅんじゅん》なく黒く塗り潰していく――墨《ベタ》を、入れていく。

「そんで次はトーンを、っと」

移動するときに持ってきていたクリアケースを蓮は開く。その中から、小さな点がびっしり印刷されたシートと、細身の彫刻刀のような形状のカッターを取り出した。

蓮はシートを原稿用紙に宛《あて》がって、シャープペンシルでアタリを付けていく。そしてその線の上をカッターの刃で切り離し、シートの断片を指でつまんだ。

どうするんだろう、と見守っていた彗花は、わっと思わず声を漏らした。シートはシール状になっていて、台紙から剝がした模様のついている面を、蓮は原稿用紙に軽く張り付けた。

「これがトーン。あんま漫画読んだことないっつっても、見たことはあるだろ？　点々だったり線だったり、なにかしら模様がついてるの。ああいうのはたいてい、トーン使ってんだ」

手書きでやるヤツもいるらしいけど、と付け加えながら、蓮は再びカッターを操り原稿用紙上のトーンを刻んでいく。余計な部分をぺろりと剝がすと、登場人物の衣服や背景の木々に彗花にも見覚えのある模様がついた。蓮がカッターの刃を返してカリカリと削ってやるとそこだけ白くなって、光沢がついているように見えてくる。

「すっげー金食うから、あんま使いたくねぇんだけどな……デジタルなら使い放題らしいが、初期投資が半端《はんぱ》ねーし……持ち歩くのもたりィーし……」

などとぶつくさぼやきながら、他にも数種類のトーンを使って、蓮は原稿用紙をどんどん彩《いろど》っていった。ただの白黒だった絵に抑揚がついて、いかにも漫画らしい画面になっていく。

「あとはホワイトを入れれば、と……」

ペンタイプの修正液で、蓮は登場人物の目に光を入れた。はぁ、と彗花は感嘆を漏らす。

原稿用紙上に描かれた絵に過ぎない彼が、生きているように一瞬見えたからだ。

「とりあえず、これでこのページは完成。ま、あとでまとめて写植……セリフ入れたりするけどな」

「……っはぁ〜〜〜！　すっごく手がかかるんだねぇ……！」

思わず拍手してしまう彗花である。蓮もまんざらでもなさそうに、また下唇を突き出した。

「ネームは山場っつーより、単にスタート地点に立ったって感じだな。そっからの作業がマジ地獄だから。これは手間かからねーページ選んだからそんな時間食わなかったけど、コマ多かったり、背景ばっかだったりすると全然進まねー」

「う、そう言えばそんなページも……結構あったような……」

枠線引きをしているとき、細々としたコマ割りのページがあったのを思い出して彗花はぶるりと震える。それらを仕上げるためには、今しがた見たような繊細かつ手間のかかる工程を幾重にも積み上げねばならないのだ。ゴールまでの一歩を成す、でき上がったばかりの完成原稿

——まじまじ眺めていると、彗花は胸にただただ畏敬の念がこみあげるのを実感した。

「こんな細かい作業をめちゃくちゃたくさん積み重ねて、漫画ってできるんだね……なんだか、すごいね……」

思ったままを口にした、のだが、どうにも小学生並みの感想になってしまって、途端に気恥ずかしくなった。せっかく高校生になったのだし、気の利《き》いた言葉の一つも……と頭を捻《ひね》っている彗花の鼓膜を、ああ、と小さな蓮の声が揺らす。

「……ホント、すげぇ。漫画は、すげぇ」

彗花よりももっと単純な言葉。それでも、そこにこめられた熱を確かに感じて、彗花は蓮を見た。

彼女の視線は、まっすぐ原稿に注がれていた。だけど、それそのものを見ているというより——その向こうに、もっと遠くにある何かを捉えようとしているようだった。

物心ついたばかりの子どもが、憧れのヒーローと出逢《であ》った。蓮の眼差《まなざ》しは、そんな純真さに満ちている。

（あ……そっか、だからつい、見入っちゃったんだ）

自然と、彗花は納得した。

漫画について語る蓮の言葉にも、態度にも、普段彼女がまとっているトゲはない。今自分の隣に座っているのは、不良のようだと腫物扱いを受けるクラスメイトではなく、夢を追いかけるひとりの少女だ。

そしてその姿はとても——眩《まぶ》しかった。

「……んだよ」

彗花の視線に気づいた蓮は、じろり、と半眼で睨《にら》みつけてきた。

でも彗花にはもう分かっている。それは単なる照れ隠しだと。

「別に？　さっ、次はどれにゴムかけする？　他にもできることあったら言って！」

「？　お、おう」

やる気を漲《みなぎ》らせた彗花の言葉にたじろぎながら、蓮は元いた自分の席に戻り、何枚か彗花に原稿を手渡す。蓮の指示をよく聞きながら、彗花は不思議な昂揚感《こうようかん》に胸が高鳴るのを感じていた。

その日はふたりとも日付が変わる頃まで黙々と作業を続けた。

◈◈◈

怒濤《どとう》の平日を駆けぬけ、遂にやってきた土曜日。

帰宅部の彗花は部活動のために学校に行く必要もなく、かといって彩絵や星加と一緒に遊びに繰りだすでもなく、今日も今日とて六四枚の原稿用紙に挑む。タイムリミットは月末、授業のない休日は貴重であり、一刻も無駄にはできない――はずなのだが。

「あれっ？　えっ、ウソ、醬油《しょうゆ》も今日特売だったの？　やったー買う買う！」

「……」

「塩と砂糖はこの前買い足したし……おっと、これこれ！　ツナ缶底値は外せないよね～」

「……おい」

「う、プリケアふりかけセール……よかったー、美葉いなくって。絶対おねだりされるもん」

「おい、思ってることダダ漏れだぞ」

「……えっ?!」

　カートをピタリと止めて、彗花は口許に手を宛《あて》がった。半歩後ろを歩いていた蓮のジト目に、苦笑いを返す。普段はひとり言なんてめったにしないのだが、誰かと一緒に買い物をする、というシチュエーションが久しぶりで、つい気が緩んでしまったようだ。

　ふたりが今いるのは、池野家からほど近い中型のスーパーマーケットだ。普段から足りない食材はここで買い足しているのだが、ここ連日バタついていて、冷蔵庫の中は瀕死《ひんし》状態。金土日と特売をやっていることもあって赴いていた。

　蓮についてきてもらうのは気が咎《とが》めたが、ひとりで来ると点数制限がある。小学生以下はカウントされないため双子は伴わず、いつも自分だけでさっと買い物を済ませる彗花だが、せっかくなので蓮に同行を頼んだのだ。

「ごめんね、庭上さん。今日の晩ごはんは、がんばっちゃうから！」

「……別に」

鼻をスン、と鳴らしながら、蓮はそっぽを向く。気まずさを覚える彗花だが、彼女の視線が物珍し気にあちこち飛んでいるのを見て、胸を撫《な》で下《お》ろした。

(庭上さん、あんまスーパーって来たことないのかな？　いや、ま、日常的にスーパー通ってる女子高生もそんないないんだろうけど……)

そんなことを考えながら彗花は、あれこれカゴの中に必要な品物を放り込んでいく。常日頃から食材の在庫整理は欠かさないので、何が足りないかは脳内にすべてメモされている。当然、朝のチラシでチェックしたお得情報もだ。目的のものを商品棚から見つけ出すその動作にはまったく無駄がなく、あっという間にカゴの空白は七割ほど埋まった。

そうして次の棚へ向かおうとするその背に、

「いつもそんなに買ってんのか？」

蓮が問いかけてくる。

ソロプレイに走っていたことに気付き、慌てて彗花は振り返る。置いてきぼりを食らった蓮は、少し離れたところからこちらにのっそり歩み寄ってきた。つい夢中になっていた自分を反省しつつ、彗花ははにかんでみせる。

「ときどきだよ。いつもちょっとずつ買って、安いときにまとめ買い。美葉も茎一もたくさん食べるから、もー大変で」

　言いながら、我ながら所帯じみているなぁと内心項垂《うなだ》れる彗花である。前に彩絵や星加にも話したが、朝のチラシチェックがいかに重要かは残念ながら理解してもらえた例《ためし》がない。仕方がないことではある、と彗花自身も諦めている。

　だが蓮は呆《あき》れを見せず、戸惑いもせず、

「それ、おまえがいつもやってんのか」

　淡々と、そう訊《き》いてきた。

　そうした返しは受けたことがなかったので、彗花もキョトンとする。

「そう……だね、うん。わたしが、やってるよ」

　しどもどと、要領の得ない答えを返す。あまりに当然なことだったから虚を突かれた形になって、それ以上の言葉が出てこなかった。だが蓮は特に気にするふうもなく、ふうん、と呟《つぶや》くように言う。

「……すげーな」

　その一言に、彗花の胸はひとつ大きく鳴った。

　どうしてかはわからない。でもその蓮の眼差《まなざ》しは決して茶化したものではなくて、むしろ。

　彼女が漫画に向き合うときに見せるそれと、ほんの少し、似ていて。

　彗花は俯《うつむ》き、目を逸《そ》らした。そのまま蓮の視線を受け続けていたら、なぜだか泣いてしまいそうだった。そして何か別の話題を、と買い物カゴの中を見る。

「そ、そう言えば納豆忘れてた！　ごめんね、庭上さん、ちょっと引き返すね！」

「おー」

彗花はそそくさと歩いて入り口近くまで戻っていく。向かう先は、野菜が積まれたエリアの隣——発酵食品や練り物などがまとめられているコーナーだ。後ろをついてくる蓮はまったく平然としていて、彗花も早く普段通りに戻らなければ、と冷蔵ケースに意識を集中させる。そこには豆腐や油揚げと並んで、納豆のパッケージが代わりばえなく並んでいた。

「あっ、いつものヤツ今日はちょっと高いや」空々しいかと思いつつ、彗花はそんなことを言う。「別のにしてみよっかなー！　ね、庭上さんはどれがいい？」

「……」

「庭上さん？」

返事がないので振り返ると、蓮は切れ長の目を丸く見開き、冷蔵ケースを凝視していた。さっきまでは平素の彼女らしく気だるげだったのに……と彗花が面食らっていると、若干声を震わせながら逆に訊《たず》ねてきた。

「な、納豆って……こんなに、種類があんのか？　朝に出てくるヤツだけじゃねーの？」

「え？　あ、うん、そだね。メーカーもいくつかあるし、粒のタイプとかでも違ってくるし」

「は？　え？　粒……ってなんだよ」

「だから、豆のね？　おっきいのとか、ちっさいのとか……うちでよく食べるのはひきわりね。細かく刻んであるやつ」

　ぽかん、と口もまんまるに開く蓮のその様は、喜劇でも演じているかのように滑稽《こっけい》だが、本人は至って真剣らしい。彗花は思わず小さく笑みをこぼしてしまった。

（庭上さん、ホント納豆にノータッチで暮らしてきたんだ……ご両親が嫌いなのかな？　……あ！　そうだ！）

　ピコン、と閃《ひらめ》いて、彗花は冷蔵ケースに手を伸ばす。そして大粒・小粒・極小・ひきわり、とそれぞれひとパックずつ、ポンポンと買い物カゴに放り込んでいく。それを見た蓮がようやく我に返って、珍しく慌てたふうに声をかけてきた。

「お、おい、何してんだよ。そんなたくさん要らねーんじゃねぇの？」

「いや、食べ比べもおもしろいかなって」けろりと彗花は言う。「どうせ毎朝食べるんだし、このぐらいあったってどってことないよ」

　初めて納豆を食べたとき、蓮は付け替えたばかりの電球がごとく顔を輝かせていた。事情はよくわからないが、少なくとも彼女自身はいけるクチなのだ。ならば、納豆に関してさらに見識を深めてみるのもまた一興だろう。そうして食卓が賑《にぎ》やかになるなら、彗花としては本望だ。

　だが、なぜか蓮は手早くカゴの中の納豆を冷蔵ケースに戻し、池野家の食卓に上ったあの三連カップのものを同数だけ入れる。今度は彗花が唖然《あぜん》とする番だった。

「……えっ、なんで？」

辛《かろ》うじて転がり出た疑問に、蓮は顔を背ける。

「よけいな気ィ遣ってんじゃねぇよ……チビどもが慣れてるもん買っとけ」

下唇を突き出しながら、ぼそぼそと答える。

その言葉の意味がよく理解できず、なぜか彗花はこのとき無性に——ムカついた。ここ数年来類を見ないほどに、腹が立った。

彼女もまた唇を突き出しながらひん曲げて、再び冷蔵ケースからさっきチョイスしたパッケージを引《ひ》っ摑《つか》む。そして蓮が入れたものを丁重に陳列へと戻した。その動作を見て目を瞬《しばた》いている彼女に、

「べぇーつにぃ？　気ィなんて遣ってませんしーぃ？　わたしがそうしたかった、だ・け！ですから？」

と取り澄まして、彗花はそっぽを向いた。

これには蓮も今度こそ気を悪くして、はっきりと眉根を寄せる。

「は？　見え透いたウソ吐いてんじゃねーよ」

吐き捨てるように言って、また彗花のセレクションをケースに戻し、自分の選んだものをカゴに突っ込む。むむむ、と彗花も肩を怒らせて、すぐさま仕返しをした。

「ウソじゃないもん、ホントだもん！」

「ムキになってんじゃねぇか、ガキの言い草かよ」

「もう高校生ですぅー！　庭上さんこそ、わけ分かんないっ」

「分かれよ！　だから、……おー!!　めんどくせぇな!!」

そう言い合いながら、納豆のパッケージは冷蔵ケースとカゴの中を何回も往ったり来たりした。彗花は頬を膨らませ、蓮はこめかみをビクつかせ、その応酬を自ら止めようとはしない。永遠に続くかと思われた対決は、

「あ、あの、お客様ー……他のお客様の、ご迷惑になりますので……」

と、店員に控えめに制止された。

その声に我に返った彗花はピタリと動きを止め、完熟トマトより顔を真っ赤にする。

「ご、ごめんなさい、ごめんなさい、ごめんなさい！」

「い、いえ、やめて頂ければそれで……あと、」

「はい、分かってます！　納豆もぜんぶ頂きますんで!!」

それだけ聞くと、気の弱そうな店員は一礼して去っていった。彗花はおもちゃにしてしまった納豆のパッケージをすべてカゴに入れ終えると、空気の抜けた風船のようにカートにもたれかかる。その上に、

「……おまえ、変なトコで意固地なのな」

バツの悪そうな蓮の声が降ってきた。

ぐりんっ、と顔を向け彗花はむくれて返す。

「そのセリフ、そっくりそのまま庭上さんにお返しします」

「言ってろ」

すたすたと、蓮はレジのほうへと歩き出す。その背に、悪態を吐く余裕は彗花にはなかった。

今一瞬目にしたものが、四月に降る雪のように信じられなかったのだ。

(庭上さん、笑ってた？ ……いや、まさかね)

起き上がって体勢を整えると、すぐさま彗花は蓮の後を追う。

「待って、庭上さん！ あとアイスコーナーだけ寄るから！」

蓮は振り向かず、上げた右手をぶらりと振って応えた。


「ちょっとふたりとも！ ちゃんと頭乾かしてからお布団《ふとん》っていつも言ってるでしょ！」

「ドライヤーやですー！ おっかないですー！」「あっちちなのです！ やですー！」

夕飯も終えて風呂《ふろ》にも入り、あとは寝るだけ……になっても、双子は元気に跳ねまわる。

ただでさえ午後九時前、暴れまわっては階下の住人にも迷惑だ。彗花は立ち止まって心頭滅《しんとうめっ》却《きゃく》、これまでの経験から双子の動きを読んで先回りした。

「茎一捕まえた！」

「み、ミヨ！　助けるのです！」

「ケイ……おまえのことは忘れないのです……！」

と無情にも茎一を見捨てて子ども部屋に駆けこもうとする美葉の背中に、

「言うこと聞かない悪い子には、明日の朝のホットケーキはないかもなぁ〜」

と、彗花はあからさまなため息を投げつけた。池野家の日曜日はいつも、アイスクリーム付きホットケーキと決まっている。もちろん、双子の大好物でもある。

「くっ……メにハラはかえられないのです……」

「それを言うなら背ね」

しぶしぶカムバックする美葉を茎一とダイニングテーブルに並べて座らせ、彗花はドライヤーをかけ始めた。どちらもドライヤーのぶおお、という音が苦手らしく、長い時間当てているとじたばたしだすので、一定時間ごとに交代で乾かす。

歌を口ずさんで聞かせながらなんとかごまかしごまかし、やっと双子の髪をきちんと乾かし終えた。現金なもので、美葉も茎一も気持ちよさそうに伸びをしながらキャッキャと自室のベッドに向かって行く。

「「すいねーちゃん、おやすみなさい！」」

「はい、おやすみなさい」

扉からぴょっこり出した頭を引っ込め、双子が子ども部屋に入ると、入れ替わるように脱衣所から誰かが居間に入ってきた。入浴を終えたスウェット姿の蓮だ。

タオルを頭に載せてぞんざいに髪をふきながら、ちゃぶ台へとスタスタ歩いていく。そして今や定位置になった場所にドカリと座り込み、準備を始めた。ここから彗花が風呂《ふろ》を済ませ、双子が本当に寝ているかを確認してから作業開始となる。

その流れにすっかり慣れてきた彗花だが、あることを発見し、じっと蓮を見つめる。彼女はネーム帳をめくっていたがやがて気が付いて、うろんな眼差《まなざ》しを返してきた。

「……なんだよ」

「いや、あの……」彗花はちょっと口ごもったが思い切って言うことにした。「庭上さん、いつもお風呂《ふろ》の後、髪乾かさないよね？」

些細《ささい》なことで手を止められた、と不満を隠しもせず蓮は舌打ちする。

「んなもん、しなくったって死にゃしねぇだろうが。時間の無駄だ」

「だめだよ！　五月だけどまだ夜は冷えるんだから。昨日の授業中だって、結構くしゃみしてたでしょ？」

「おまっ、どんだけこっち見てんだよ……ヒくわ……」

「見てなくったって聞こえてくるの、隣なんだから！」

ふんっ、と息巻いて、彗花はドライヤーのプラグを外し、手に持ったまま蓮の背後まで移動する。そして肩越しに見上げてくる彼女にずいっと突き出した。

「風邪引いちゃったら漫画描けないよ？」

「……アタシは風邪なんか引かない。引いたって、どうにかなる」

「美葉や茎一みたいなこと言わない！　もー、しょうがないなぁ」

彗花は手近なコンセントにプラグを差すと、ひといきに蓮のタオルを引っ張り上げた。彼女が呆気《あっけ》に取られている間にドライヤーのスイッチをオン。そのまま後頭部めがけて温風を吹き付ける。

「わぶっ?!　てめぇっ!!」

「はいはーい、急に首の向き変えると目に直撃だよー」

抗議しようとする蓮を、軽々と彗花はいなす。本人は気付いていないが、それは幼い弟妹に対する態度とまったく同じだった。

「わたしが勝手に乾かしてるから、その間に庭上さんは準備したら？　そしたら、時間の無駄にはならないでしょ」

「……チッ」

どう言っても彗花が退かないことを悟って、蓮もしぶしぶと正面を向く。再びネーム帳のページをめくり始めて微動だにしなくなった頭を、彗花は思う存分乾かしていく。

（あっ、いいなぁ……庭上さん元からうっすら茶髪なんだ。細くてさらさらしてるし、うらやましー）

手を動かしながらまじまじと観察してしまって、ついそんなことを考える彗花である。母親譲りの黒髪でちょっとクセの入っている彼女は、雨の日の爆発頭にもう長いこと悩まされていた。こうして直接触っていると、蓮の髪質がまったく対照的なのがわかって、羨望《せんぼう》半分ジェラシー半分といった心持ちになる。

そんな自分にこみあげてくる笑いを、彗花はなんとか嚙《か》み殺《ころ》した。星加とも、幼稚園以来の付き合いになる彩絵とだって、こんなやりとりをしたことはない。その相手はしかも、同じクラスの隣の席で、同級生から怖がられている庭上蓮なのだ。

(みんなびっくりするだろうなぁ、こんな庭上さん見たら。変な誤解もきっとなくなるのに)

なんて考えていると視線が弾み、蓮の手元へ跳んだ。

そこには彼女が授業の間も惜しんで綴《つづ》り続けるネーム帳があった。そしてそれこそが――漫画こそが、彗花と蓮をこうして結びつけたのだ。

(……いったいどんなお話なんだろう?)

すべての始まりになった、蓮の漫画。それがどのような物語を記してあるのか全然知らないことに、このときになって彗花は初めて思い至った。今日まで作業を続けてきたが、慣れるのに必死だったのと、絵やセリフがまるで入っていないので、具体的な内容を画面から読み取れなかったのだ。

一度気づくと、途端に興味が湧き出た。目の前で蓮がネーム帳をパラパラめくっているので、

なおのこと好奇心がそそられる。髪を乾かし終えてドライヤーを脇に片付けると、隣の席を陣取った彗花は堪《こら》えきれず蓮に言ってしまった。

「ね、庭上さん。わたし……その──……読んでみたいな！」

「……は？」

脈絡のない発言に、呆気《あっけ》に取られた蓮は目を丸くして見てくる。彗花はあたふたと足りなかった言葉を加えた。

「あのっ、庭上さんの漫画をね！　そういえばどんな話なのかな──って、読んでみたいな──って……」

「………………」

「あ、そうだよね、時間ないよね、ハイ……」

無言の圧力に屈して、彗花はすごすごご要求を取り下げた。そして腰を浮かして風呂《ふろ》に入りに行こうとしたところで、何か四角いものが視界の隅に割って入る。

「字、汚《きた》ねーけど……読みたきゃ、読めば？」

蓮が、ネーム帳を差し出してきたのだ。

彼女はそっぽを向いていて、横顔を見せている。その下唇が、突き出ているのがわかった。

「……うんっ！　ありがとう！」

彗花は蓮の隣に座り直してからノートを受け取って、その表紙をじぃっと眺めた。

何の変哲もない市販のキャンパスノートだが、使い込まれた趣がある。絶えず持ち歩き、手にしてページをめくり、描き込んだ、その歴史がありありと感じられた。自分が学校で使うノートで一度でもこんなになったことがあっただろうか、と思いながら彗花は表紙を開く。

一ページ目には素っ気なく、作品のタイトルと思しき単語が書かれている。『NO WHERE NO MORE』とあった。そこからページをめくってみて、わっ、と思わず声がこぼれる。

「すごい描きこみ……！　ネームって、ここまで描かなきゃだめなんだ」

「いや……」顔を背けたまま、ぼそぼそと蓮が返す。「人による。コマ割りと配置だけ、ってのもザラっつーかそっちのが普通っていうか。アタシのは……まぁ、絵の練習も兼ねて」

「へぇ～……色々あるんだねぇ」

またも子どもっぽい感想しか出てこない自分を情けなく思いつつ、彗花は意識を紙面に集中させた。授業中に描きこまれたのであろうネームは、それだけで漫画としての体《てい》を成しているように彗花には思えた。コミックを読む感覚で、パラパラとページを進めていく。

汚い、と言ったものの、蓮の書く字は思いのほかまめまめしく端正で、読むのに支障はない。案外几帳面《きちょうめん》な性格なのかも、などと考えながら最初の数ページを読み進めた彗花は、徐々に違和感を抱き始める。

（なんだろう……目が滑るような……？）

字の問題ではない。作画も、拙《つたな》くはあるが、人物と背景、物体などの区別ははっきりとつく。

だが、

（…………う－ん、これは…………）

モヤモヤの原因を分析しながらページをめくって、彗花は徐々に確信を深めていく。そして白紙――つまり物語の終わりにまで辿《たど》り着《つ》いてノートを閉じると、瞑目《めいもく》し、今までの考えを頭の中でまとめようとした。

「……どーよ？」

焦《じ》れたように訊《たず》ねる蓮の声は、彗花に時間切れを言い渡す。おそるおそる瞼《まぶた》を押し開いて隣を見遣《みや》り、うわぁ、と心の中で悲鳴を上げた。

いつもクールな雰囲気を醸《かも》し出《だ》している蓮の切れ長の双眸《そうぼう》は、落ち着きなくあちこちに視線を飛ばし、突き出していた下唇はさらにせり出し、なんなら全身で貧乏ゆすりをしている。表情こそは平静を装《よそお》うとしていたが、その目論見《もくろみ》は全身が示す態度で見事に破綻していた。

『おもしろいね！』……などに類する感想を待ち侘《まわ》びているのは、一目瞭然だ。

本当なら、彗花もそう言ってしまいたい。普段漫画に慣れ親しんでいない彼女にとって、素人《しろうと》である蓮がこれだけの熱量をもって制作した実物を目にしたというその事実だけで、ひたすらに感嘆しているのである。

（だけど……庭上さん、言ってた）

この同居生活初日の、彼女の言葉を彗花は明瞭に憶《おぼ》えている。

『当然だろ、アタシはプロになるんだ』

今はどんなに未熟でも、ひとつひとつその手で積み重ね、いつかその道で生きる人間になる。

蓮はどこまでも本気でそう思っている。そのための覚悟も、とっくに済ませている。

その証《あかし》なら、一緒に暮らすようになって彗花は何度も目《ま》の当《あ》たりにしてきた。いや、こうなる前から知っていたのだ。四月に同じ教室の隣の席になってから。

そして——きっとずっと、その前から庭上蓮は自分の人生を決めていた。

他ならぬ、彼女自身の選択で。

だから蓮に必要なのは、甘ったるいお世辞ではない。その場しのぎのお為《ため》ごかしでもない。

次へ進む道を指し示す真実だ。

彗花は自分を叱った。そうだ、そもそも美葉や茎一にだって、ずっとそうしてきた。いいと思ったものはいい、そうはっきりと伝える。そして、そうじゃないときは——

「——庭上さん」

「お、おうよ」

「あのね、このネーム……最後まで読んで、すごいと思った。コマの隅々までちゃんと描きこまれてて、それが六四ページもあるなんて、わたしなら絶対途中で、描くの諦めちゃう」

「そ、そうか？」

「うん。……でもね」

彗花は意を決し、蓮に向かい合うように座り直した。

そしてひとつ深呼吸して、

「なんの話だか、全然分かんなかった！」


勢い余ってちょっと大きな声になり、慌てて口を塞いだ。

そして、正面の蓮を見遣《みや》る。

……案の定、彼女は想定外の感想を即理解できなかったらしく、固まっている。

彗花はドキドキ高鳴る胸を抑えつけながら、蓮の反応を待った。が、出てきたのは、

「………………………………………は？」

数学教師・三重野にガンを飛ばしたときの、優に三〇倍の殺意を孕《はら》んだその一音。

うう、と怯《ひる》みそうになるも、既に列車は走り出してしまっている。彗花は己を奮い立たせながら、考えた末に辿《たど》り着《つ》いた要因をいくつか挙げることにした。

「まず登場人物がね、主人公は分かるんだけど、たくさんいすぎて誰がどういう人なのか、どういう人間関係なのか、読んでいくうちにこんがらがって、よく分かんなかったの」

「…………」

「そ、それから、物語の舞台がSF？　なのかな？　現代じゃなくて未来ってことは理解できたんだけど、設定が盛りだくさんで、どういう世界なのかいまいちピンとこなくて」

「…………」

「なっ、なんか、みんな闘ってるみたいなんだけど、なんで闘ってるのか理由がいろいろありすぎて、はっきりしなくって……でも次のページでいきなり首が刎《は》ねられたりしてるし、ショッキングさで話の内容が頭からポーンって、飛んでっちゃう、って、いう、か………」

「…………………………」

勇気を出して主な理由を並べてみたが、そのたびに襲いくる威圧感が自乗される。それに比例して蓮の身体の体積が増し、自分は逆に縮んでいくような錯覚に彗花は見舞われた。もう何も言えずこのまま豆粒のようになって、ぺしゃっ、と潰れてしまうのではないか、などと思っていたそのとき。

素早い挙動で、蓮が彗花の手元にあるネーム帳をひったくった。そのまま乱暴に開き、中央から破ろうとする。それを見た瞬間彗花は雷に打たれたように、反射的に彼女の腕に取り縋《すが》った。

「んだよ！　離せ！」

「やだ！　だって庭上さん、このままじゃネーム帳破《そ》く《れ》じゃん！」

「アタシのもんだからどうしようとアタシの勝手だろ!! それにおもしろくねぇっつったのはおまえじゃねぇか! なんで止めんだよ!!」

「それはっ、」

彗花が答えようとしたそのとき、子ども部屋の扉がキィ、と開く。

その音に、ふたりとも身を強張《こわば》らせてそちらを見遣《みや》った。扉の隙間から、美葉と茎一がこわごわと居間を覗《のぞ》き込《こ》んでいた。

「すいねーちゃんたち……ケンカです?」

「ケンカ、おっかないです……よくないのです……」

「ご、ごめんね!」

彗花は蓮から離れて、足早に双子の元へ向かう。

「ごめんね……お姉ちゃんたちうるさかったね。ケンカじゃないから大丈夫だよ、おやすみ」

「「おやしゅみなさぁい……」」

頭を撫《な》でてやると、半分は夢の世界にいた美葉と茎一はふらふらとベッドに戻っていく。彗花はそれを見送ってから静かに扉を閉めると、おずおずと振り返った。

ちゃぶ台の傍《かたわ》らでは、蓮が項垂《うなだ》れてあぐらを組んでいる。だがその腿《もも》の上に無事な姿のネーム帳を見つけて、彗花はひとまず胸を撫《な》で下《お》ろした。そして再び蓮の隣に座り込む。

「……あのね、わたし、おもしろくなかったなんて思ってないよ」

「は……？」彗花を見ないで、蓮がうろん気に返す。「んだよ、なんの話か分からねーっつったじゃんか」

「うん、それはそう。だけど……」

そっとネーム帳へ手を伸ばし、ゆっくりとページをめくる。

「主人公の表情とかね、ときどきこっちを見てるようで、ハッとすることがあったの。このお話がどんな物語で、彼が何と闘ってるのかは、よく分からなかったけど……それでも、彼は必死に、何かを成し遂げようとしてるんだって、それは痛いくらいに伝わってきた」

「……！」

蓮が頭を上げた。彗花を見つめ返すその眼は、驚きに満ちている。

その眼差《まなざ》しをまっすぐに受け止めて、彗花は真摯に言葉を紡《つむ》ぐ。

「庭上さん、前に言ったよね。漫画を描く一番始めにするのは、どんな話にするのか考えることだって」

彗花ははっきり憶《おぼ》えている。蓮が目を輝かせて語った、その言葉を。

『漫画を作る、一番始めは――どういう話を描きたいのか、考える。どんなとこで、どんなヤツらがいて、どんなことをするのか……それで自分が何をぶつけてぇのか』

手の中のネーム帳を、彗花はじぃっと見つめた。

この一冊には蓮の想いが込められている。彼女が〝ぶつけたい〟と切望する願いが、内包されている。だがそれはまだ、自分の元まで届いていない――どんなものなのか、全貌すら摑《つか》めない。

そう、だからこそ。

「わたしこれ読んで……もっとよく知りたいって思った。この主人公が、どんなところで生きていて、どんな人に囲まれていて、どんなことをやろうとしているのか……それで、庭上さんが、何をぶつけたいのか」

そして静かに表紙を閉じ、蓮を見た。

口元に、自然と笑みが浮かぶ。

「それってきっと、〝おもしろい〟のカケラだと思うの。今はバラバラだけど、上手く繫《つな》いでいったら、とっても大きな〝おもしろい〟になる……そんな気がする。だから……破っちゃったら、もったいないよ！」

それが、彗花の抱いた感想のすべてだった。

絵は素人《しろうと》に毛が生えた程度で、物語としてもお粗末な構成で、それでも――どこか心が惹《ひ》きつけられる。蓮の漫画は、そんな原石のような光を放っていた。

はい、とネーム帳を両手で差し出す。蓮はゆっくりとした動作でそれを受け取った。

沈黙が続く。既に夜一〇時半を過ぎ、高齢者が多いこのアパートではほとんどの住人が床に就いている。外を走る車の音が微《かす》かに聞こえるくらいで、あとはひたすらに静かだ。そんな空気に頭も冷やされ、今さらな後悔が彗花にこみあげてきた。

（わたし、もしかして……かなり見当違いなこと言っちゃった?! よく漫画読む人とかだと、こういうお話は普通に理解できて、普通に面白いのかな……?）

じとりと背中に冷や汗を感じたそのとき、

「……具体的に、どこが分からなかった?」

と、蓮が訊《たず》ねてきた。

「いや……逆に、分かった部分はどこだ? 詳しく話してくれ」

「庭上さん……?」

先ほどまで激情に晒《さら》されていた蓮の表情は、平素の彼女らしい落ち着きを取り戻していた。ただ、その眼に強い意志を湛《たた》えている。

それは原稿に――漫画に向き合うときに庭上蓮が見せる、真剣そのものの眼差《まなざ》しだった。その迫力に息を呑《の》んでいた彗花を戸惑っているとでも解釈したのか、蓮は下唇をちょっと突き出してからボソボソと言う。

「話が分からないってんじゃ、このネームは失敗だ。やり直す」

「え?! でも、賞の〆切《しめきり》月末なんでしょ? もう二週間ちょっとだよ……?」

「それでも……やり直す。中途半端《ちゅうとはんぱ》なもんは出さねぇ」

蓮はネーム帳をちゃぶ台の上に置き、ページをめくった。それまで入念に描きこんできたところをすべて無視し、白紙の見開きを開く。

「週刊連載の基本一六ページで新しくネームを切る。それを二週間で仕上げられねぇようじゃ、最初《ハナ》からプロなんざ到底無理だ」

「六四枚あったのを、一六枚に⁈　それじゃお話、ぜんぶ入りきらないんじゃない……？」

「ああ。だから、削る。クライマックスとオチの一番見せたいシーンに絞って、どうしてその場面に繋《つな》がるのか分かるように最低限の情報だけ盛り込む。……それには」

蓮は彗花を見た。

「作者《アタシ》の視点だけじゃ、無理だ。この物語のことをひとつも知らねぇ読者に、何を、どう説明すれば伝わるのか……その視点が必要だ。だから、その……」

それまで淀《よど》みなく紡《つむ》がれていた蓮の言葉が、途切れる。

何度か口を開きかけるも上手く出てこず、歯がゆそうに肩を揺らしている。

なぜだかそのとき、彗花には分かった。

蓮が何を言いたいのか。

どうして言い出せないのか。

だから彗花は自分の気持ちをありのままに伝えた。

「わたし、手伝うよ！　美葉と茎一のお詫《わ》びってのもあるけど、今はなんか……もっと、庭上さんの漫画読んでみたい！」

「……!!」

蓮は身体ごとちゃぶ台に向けて、シャープペンシルを手にした。俯《うつむ》いてネーム帳の新しい一ページに相対する。

「とりあえず、現状の把握からしたい。さっきも言ったけど、分かった部分をなんでもいいから具体的に聞かせてくれ」

「うんっ。えっと、まずね……」

蓮の眼が少し潤んでいたような気がしたが、横髪がかかって、もう表情を窺《うかが》い知《し》ることは彗花にはできなかった。それよりも、と彼女の質問にひとつずつ丁寧に答えていく。

ふたりの対話が、積み重なっていく。

その部屋の外ではただ深々《しんしん》と、夜が更《ふ》けていく。

∞∞∞

それは反逆者の物語だった。

近未来。環境破壊が進み、シェルターで暮らすようになった人類。しかし定員には限りがあり、あぶれた者たちはその周辺に貧民街を形成して、汚染された空気に蝕《むしば》まれながら辛《かろ》うじて生きていた。

主人公は貧民街で生きるひとりの少年。仕方がないことと人生を諦めていたが、あるとき貧民街の住人たちが密《ひそ》かに誘拐されている事実を知る。彼らはシェルター内市民のために肉体労働を強いられたり、環境汚染適合の改造手術の実験体にされていたりと、非人道的な扱いを受けていた。その事実に主人公は激怒し、レジスタンスを立ち上げる。

しかし、それも一枚岩とはいかなかった。反逆活動を疎《うと》む者、足を引っ張る者、シェルター内からの工作員。何度も空中分解しそうになりながらレジスタンスはシェルターを牛耳《ぎゅうじ》る黒幕たちに肉薄する。

そんな様々な人間の思惑とドラマが交錯した、血と硝煙《しょうえん》の群像劇。それこそが、庭上蓮の描きたかった『NO WHERE NO MORE』だった。

「……よくこれを六四枚に押し込もうとしたね？」

手にしたメモ帳を、目を細めて見ながら彗花がぼやく。

「言うな……今じゃなんでイケると思ったのか、自分でも分からん……」

同じような顔をして、蓮が返す。

あれからふたりは、ひたすらに議論を続けた。ネーム帳を再度読み直して、彗花が理解できた部分、できなかった部分を蓮がメモ書きしていく。その中で、蓮が本来描こうとしていた作品像を解説し、ネーム上でどうしてそれが上手く表現されていないのかを彗花の指摘を軸に解析していった。

　そこから浮かび上がったポイントを踏まえたうえで、蓮が一六ページ用のストーリー構成を簡単に文章で書き起こした。それを彗花に提示して、一貫した物語として読み取れるまで何度も推敲《すいこう》を重ねた。時には、設定の齟齬《そご》について彗花が質問をし、実は蓮もよく考えていなかったことが発覚して、ふたりして頭を悩ませたりもした。

　そうしていつの間にか、夜が明けた。

　カーテンの隙間から差し込む眩《まぶ》しい光にどちらともなく立ち上がって、ベランダへと出た。

　二階建てのアパート、その上階の東端にある池野家には、ちょっとしたスペースを誇るベランダがある。外に出ると、下には細い車道が走っていて隣家との距離もあり、解放的な気分を味わえる。ふたりはサンダルを足につっかけ並んで立つと、普段は布団《ふとん》を干すばかりの手すりにもたれながら、ゆっくりと昇りくる太陽を迎えた。

　つい今しがたまで白熱していたのが嘘《うそ》のように、彗花も蓮も黙って、だんだんと色を変えていく空を見上げている。徹夜したせいかやけに目に沁《し》みて、彗花は視線を手元に下げた。そして、つい持ってきてしまったメモ帳をパラパラとめくる。

　それはどこかの商店のノベルティで、とりあえず取っておいたのをこの機に使ったのだが、厚さ二センチほどのメモ帳はすっかり使い切られていた。走り書きの部分も多いが、この一晩のうちにこれだけの分量をふたりで話し合ったのだ。

ほんの一週間前まで、こんなことになるなんて彗花はまるで想像もしていなかった。ごくごく普通の女子高生に過ぎない自分に、寝るのも忘れて夢中になる瞬間が訪れるなんて、考えたこともなかった。

それもこれも、原因は庭上蓮にある。ただのクラスメイトで隣の席に過ぎなかった彼女の、途方もない情熱に引きずられて、自分は今、この綺麗《きれい》な朝焼けを眺めている。

その光を浴びた部分から細胞が新しく生まれ変わっていくようなぬくもりに包まれている。なんだかそれを面映ゆく感じて、ごまかすように彗花はくすりと笑った。耳にした蓮が、視線だけ寄越してくる。

「んだよ」

「え？　んーっと……」

特に理由はない、と返すのもつまらなくて、彗花は手元のメモ帳から話題を拾う。

「いや、あそこのシーン決めるの、時間かかったよなーって思ってさ」

「あ？　どこだよ」

「ほら、最初のほうの……主人公が闘う理由説明する場面。庭上さん、あれもこれも説明詰め込もうとしてさ」

ちょっとからかうように言うと、蓮も少し顔をしかめた。

「そんなの、おまえが分かんねーっつーからじゃねぇか」

「って、いろいろ並べられると、逆に情報多すぎで意味不明になっちゃうの！　庭上さん、結構極端なタイプだよね？」

「は？　おまえがそれ言うか？」蓮は顎を上げてわざわざ見下すポーズをとる。「『グループがたくさんあるとごっちゃになるから敵味方だけでよくない？』とか、作者《ヒト》の苦労ガン無視する発言しやがってよ。そうじゃねぇんだよ、割り切れねぇ人間の情みたいなもんが描きてぇんだよアタシは」

「それはいいと思うけど、伝える工夫は必要じゃない？」彗花も負けじと澄ませてみせる。「やりたいことがあっても、それが読むほうに分からないとさぁ……ラストできちんと感動できないよ」

「む……まぁ、そりゃ、そうだが……」

そこで蓮はバツが悪そうに視線を正面へ戻した。一瞬、彗花も呆気《あっけ》に取られる。てっきりムキになって、さらに張り合ってくると予想していたからだ。

意外な気もしたが、すぐに、らしい、と腑《ふ》に落ちる。蓮は自身の漫画をより良いものにするためには、苦言にきちんと向き合うことを厭《いと》わない。それは彼女が、その道に本気で臨んでいることの証明だった。

だがそんな蓮が、頑《かたく》なに譲らなかったことがある。今しがた〝ラスト〟と口にしたことで、

さん）

彗花はそれを思い出した。

（主人公が黒幕を銃で殺して、エンディング……これだけは絶対変えなかったもんなぁ、庭上

彗花としては、もう少し未来に希望が持てる結末のほうがいい読後感を生むのでは、と提言した。だが蓮は、この幕引きだけは最初から定まっている、と言い張った。

『これは……始めから、そう決めてたんだ。アタシが漫画描くって選んだそのときから、いつかこの話を描くなら絶対この結末《オチ》だって。だから、何があってもここだけは変えない』

そこまで断言されては、彗花にそれ以上言えることなどなかった。

きっとこのピリオドこそが、彼女が漫画を以《もっ》て〝ぶったぎってやりたい〟と切望する心の顕現なのだろう。ならば、彗花が捻《ね》じ曲《ま》げていい道理などはどこにもない。だから、主人公の迎えた末路を想って胸に過《よぎ》った、一抹のかなしさからは目を背けた。別の疑問に思考を逸《そ》らし、やり過ごす。

「……庭上さんは、いつから漫画描いてるの？」

庭上連が漫画家を志したその原点を、知らないことに彗花は気が付いたのだった。

蓮は、一瞬彗花へと顔を向けたが、また正面の日の出に視線を戻した。

「中学二年の、秋だったかな。そこからずっと」

「へぇー。その頃から賞に応募してるの？」

「いや……最初はホント、クソみたいなもんしかできなかった。ネットとか、本とか、いろいろやり方調べて……画材試して、練習して」

疲れからか、ぽつぽつと話す声からして蓮が脱力しているのがわかる。だがそれが気安さを感じさせて、少し彗花は嬉《うれ》しくなった。普段の刺々《とげとげ》しい態度でも、漫画に対して真剣勝負を挑むのでもない、素の〝庭上蓮〟に、出逢《であ》えた気がした。

「そこから二〇ページくらいの話をひとつ、作画まで通しで完成させたけど……まぁ、それは、ポシャって。それからしばらくはネームばっかやってた。どれもこれも中途半端《ちゅうとはんぱ》で、もう何も原稿用紙の上に描けねぇんじゃねえかって思い始めて……そんなとき、今月の新人賞の審査員に、アイツがいたんだ」

「あいつ？」

「……アタシが、漫画描き始めた元凶」

蓮は下唇を突き出してから、欄干の上に組んだ両腕の中に顔の下半分を埋める。

「藤間塚練創《とまつかれんそう》って、もう通算で三〇年も週刊ジェムスで連載張ってる漫画家。大御所で審査員なんてめったにやらないから、この機会逃すといつ原稿見てもらえるかわかんねぇ。だから……今回は、絶対に出したい」

「そんなにすごい漫画家さんがいるんだ……全然知らなかったや」

「ま、アニメ化とかするような人気じゃなくて、根強いファンがいて支持されてるって感じだからな。漫画に興味ねーヤツはそんなもんだ、アタシもそうだったし」

「えっ、そうなの⁇」

蓮は苦笑を浮かべ、横目で彗花を見る。

「中学の先輩が大ファンで、アタシそれまで漫画なんてダセぇって思ってたのに、無理やり読まされたんだ。そしたら……なんていうかな」

それから彼女は身体を起こし、背筋を伸ばした。

どこかで目覚めの早い鳥が、ちちち、と鳴く。新しい朝を迎えたばかりの世界に、透き通るように響くそれはか細くて、すぐ聞こえなくなった。

その残響に静かに耳を澄ませてから、蓮は目を見開いて、

「アタシは一回、死んだんだ」

建物の向こう側、昇りくる太陽の最初の閃光《せんこう》を正面から見据えた。

一瞬、彼女が何を言ったのか彗花には分からなかった。でも、冗談でないのは明白だった。

朝日を見つめる蓮の眼差《まなざ》しは、漫画に相対するときのそれだったから。

「それまで人生しょーもねぇってヤケになって、バカばっかやってた。だけど藤間塚練創の漫画読んだとき……驚いた。雷が落ちてきたんじゃねぇかってビビったし、心臓も一瞬止まったと思う。そのくらい、衝撃だった」

ぐっと、手すりを掴《つか》む蓮の手に力が入る。そのときの情動をリフレインしているのだと、傍《はた》

から見ている彗花にも伝わってきた。息せき切ったように、蓮は続ける。

「読むだけでハラハラして、ゾクゾクして、ワクワクした……！　どいつもこいつもホントに生きてるみてぇで、悪役すらカッコよかった！　初めてだった、そんな体験したのは……この先どうなるんだろうって、とにかく夢中で。そんで、そのクライマックスで主人公が敵と刺し違えようと刀突き出して突進するんだけど、ページをめくったら」

そこで目を瞑《つぶ》った。ふうぅ、と、何かを堪《こら》えるように深く熱い息を吐く。

そしておもむろに瞼《まぶた》を押し上げ、どこか懐《なつ》かしむように、

「主人公がそのまま画面ぶち割って出てきて、アタシを上から下までぶった切ったんだ」

そう言った。

蓮は再び彗花を見遣《みや》る。片眉をちょいと上げて、少しおどけてみせた。

「……もちろん、リアルにそんなことあるわけねぇ。そう見えるほど、ド迫力の作画だったってだけの話だ。でも——そのとき、その瞬間だけ、確かにいたんだ。藤間塚練創の描いた主人公は、確かにあのとき、アタシを殺した。クソみたいな人生と同じくらいクソだった、アタシを」

翼の羽ばたきが、澄んだ空気を打ち鳴らす。

彗花も蓮もそれにつられ、空を見上げた。

長い夜を焼き払うように鮮やかな緋色《ひいろ》、その上にうっすらと穏やかな青が広がりつつある。

今日という日を迎えたその空を、一羽の鳥の影が高く、遠く、向こうのほうへと飛んで行った。

その雄姿をふたりは並んで、ただ見つめている。やがておもむろに、だが確かな決意をその声に滲《にじ》ませて、蓮が言った。

「アタシもあんなの描きたいって思った。藤間塚練創が描いた漫画がアタシをぶった切ったように――アタシの描くもので、あっちこっちにうようよしてやがる下らねぇもん、ぜんぶぶった切ってやりたい」

「そっか……だから、漫画なんだね」

彗花はそれで、納得した。

どうして蓮が、漫画にこだわるのか。あんなにも熱意を傾けられるのか。そして、蓮の描いた漫画から、こちらに向かってくる気迫を感じるのか。それらがすべて、繋《つな》がった。

蓮は下唇を突き出して、ひとつ頷《うなず》く。

「今はまだ、全然だけど……もっと上手くなって、プロになって、藤間塚練創と同じ場所に立ってやるんだ。できるだけ早く、高校卒業するまでに――そうすりゃ、あの家とも縁が切れる」

「家……？」

一段と暗くなったトーンに、彗花は首を傾《かし》げた。普通に考えれば、蓮の家――実家のことを指すのだろうその一言は、彗花にある疑問を抱かせた。

（そういえば、庭上さんなんでおうちで漫画描かないんだろう？　これまでも、外で描いてた

みたいだし……）

始まりの日、蓮はファミレスに入店しようとして断られていた。そのことが、彼女が池野家に転がり込む理由の一端となっている。だがそもそも、自分の家で描けば丸く収まるのではないだろうか――そう考えて、思い出す。

夜中出歩く彼女を家族は心配しているのでは、と彗花が口にしたとき、蓮は無言で凄《すご》んで会話を断った。それからドタバタとこの生活が始まり、彗花の意識からもこの話題はすっ飛んでしまっていた。しかし再び浮上した疑念は、以前よりいっそう濃い暗雲となって彗花の頭を重くする。

（何か、事情があるのかな……）

家庭にはそれぞれの事情がある。迂闊《うかつ》に踏み込まれたくないのは、彗花自身経験から身に沁《し》みて分かっていた。だが、蓮はまだ高校生――親の保護下にある身だ。その彼女が家に帰らないでいることを、看過していいのだろうか。

だが苦悩は、長く続かなかった。というのも、

ドンガラガッシャン！

と漫画の擬音のような皿の割れる音が、部屋の中から聞こえてきたからだ。

「なっ、何⁈　ドロボウ⁇」

「……」

彗花が驚きに足を竦《すく》めている一方で、蓮は迅速だった。素早く身体を翻《ひるがえ》し、音もたてず窓を開けると身を滑らせるようにして中へ戻る。一拍遅れ、慌てて彗花が追いかけると、彼女は既にキッチンへと抜き足差し足で忍び寄っていた。消していたはずの電気が点《つ》いていて、冷や汗が彗花のこめかみを伝う。

「に、庭上さんッ、危ないよ！」

ひそひそと呼びかけると、蓮は肩越しに振り返り、同じくひそひそ声で言う。

「大丈夫だって。おまえは引っ込んでろ」

「できるわけないでしょっ！　わっ、わたしもっ！」

蓮ひとりを行かせるわけにはいかないと、彗花はその背に追いつく。呆《あき》れ顔《がお》の蓮がため息を投げつけてきたが、これは池野家の一大事だ。

（美葉、茎一、無事でいて……！　お姉ちゃん、ドロボウなんかに負けないからね……！）

まだ部屋で眠っているはずの双子を守るためにも、自分が立ち向かわなければ。その使命感に心を奮い立たせ、なぜか出入口で止まったままの蓮を押しやり、彗花はキッチンに飛び込んだ。

「いっ、今なら警察呼ばないから、早く出てって！　うちには盗《と》るようなもんないですよっ⁉」

ぎゅっと目を瞑《つぶ》り、強気なんだか弱気なんだかわからない啖呵《たんか》を切る。

その返答は、きゃっという甲高い悲鳴と、すってん、という床に転げる音だった。

へ、と呆気《あっけ》に取られながら、おそるおそる瞼《まぶた》を押し上げる。

その光景を彗花が認識し終えると同時に、

「盗み食いはもっとスマートにやらねーとな、チビども」

という蓮の、おもしろがるような声音が背後からした。

そう、ドロボウの正体はなんてことのない、いつの間にか起きていた双子なのだった。

聞こえてきた物音は食器棚上段の引き出しを誤って落下させた結果で、逃亡を図ろうとした美葉と茎一は退路を塞がれてすっ転んでしまった、という、三文芝居にもならない筋書きである。どっと安堵したのは一瞬で、彗花の声と肩はぶるぶる震える。

「……みぃ〜よぉ〜〜〜〜？　けぇ〜いち〜〜〜〜〜？」

「ち、違うのです、すいねーちゃん！　ぜんぶミヨが言い出したのです！　ボクは止めたのです！」

「なに言ってるですかケイ！　アイスだけじゃ物足りないから他のおやつも探そうって言ったの、そっちなのです！」

やんややんやと罪を擦《なす》り付《つ》け合う双子の前に、彗花は仁王立ちで立ちはだかった。そしてゆっくりとしゃがみこみ、ふたりの肩をそっと掴《つか》む。

「悪いことしたときは、なんて言うのかなぁ？」

曇りひとつない、満面の笑み。それはいつも双子を見守る姉の湛《たた》えるものと同一だった――こめかみに青筋が走って、口許が引きつっているのでなければ。

怒髪天《どはつてん》を衝《つ》かんばかりの有様《ありさま》にパキンと凍り付いた美葉と茎一は、すぐさま解凍されてぐんにゃり項垂《うなだ》れ、

「「ごめんなさぁい……」」

と、素直に謝った。

彗花はため息をひとつ吐いて、肩から手を離す。

「もう……お腹が空いたならそう言ってよ。今日はこれからホットケーキ焼くんだし、アイスなんて食べたら入らなく……ん？」

あれ、と彗花は悪寒《おかん》に背を震わせた。慌てて冷蔵庫に取りつき、最下段の冷凍室を覗《のぞ》く。その顔が、みるみる青くなっていく。

「……！　ない！　ちゃんと四個買ったのに……！　アイス、三つしかないじゃないっ!!」

おずおずとその背に寄ってきた双子が口を開いた。

「ミヨ数えました、ちゃんと足りるのです。いつも、ホットケーキのアイスは三つです」

「すいねーちゃんと、ミヨと、ボクの分です。だいじょぶなのです」

「だいじょぶじゃないっ！」半泣きになりながら、彗花は双子に振り返った。「もう一個は庭

上さんの分だったの！　……もーっ！」

　そこでいきなり名前出された蓮が、へ、と珍しく間抜けな声を上げた。

「は？　え……アタシの分？　……って、なんだ？」

「あ、えーっと」

　戸惑う蓮に少し冷静さを取り戻した彗花は、冷凍室の扉を閉じてから立ち上がって彼女へと向き直る。

「うちはね、日曜の朝はホットケーキを焼くの。それで、その上にはひとり一個、アイスがついてるんだ。庭上さんの分も……この子たちが、食べちゃったみたいで」

「「にわがみさん、ごめんなさぁい……」」

　彗花の左右にしがみつきながら、美葉と茎一ももう一度謝罪を口にする。上目遣いに見上げる双子をどうしたものかと、蓮は気まずそうに頭を掻《か》く。

　彗花は気持ちを切り替えるべく、パンッと手を鳴らした。

「待ってて……！　今パッとコンビニで買ってきちゃうから！」

「オイオイ！　いいってそこまでしなくて！」

　今にも駆け出しそうな彗花を、蓮は制する。

「別に……アタシ、甘ったるいもんって苦手だしさ。チビどもが食ったほうが、アイスも喜ぶんじゃね？」

すん、と鼻を鳴らし、蓮は続けた。

「アタシそんな腹減ってねーし、一眠りしたらネームやるから。早くそいつらにホットケーキでも何でも作ってやれば？」

そう言って蓮はキッチンを出ようとした。

その袖口を、彗花は摑《つか》んで引き留める。

「なんだよ」

「前から思ってたんだけどさ……庭上さんって、かなり分かりやすいよね？」

「…………は？」

蓮が、鳩《はと》が豆鉄砲を食らったような顔になる。それを見て、悪いとは思いながら彗花は噴き出してしまった。ツボに入ってしまって、くすくすと笑ってしまう。蓮も、美葉も茎一も、その理由が分からなくて、啞然《あぜん》と見守るしかない。

うっすら目尻に浮かんだ涙を指先で拭って、彗花はコホンと咳払《せきばら》いする。

「えー、美葉と茎一はバツとして、ホットケーキのアイスは半分こです。もう一個食べてるんだから、しょうがないよね？」

「「……はぁーい」」

「おい、アタシは要らないって、」

そう言う蓮の唇をびしっと人差し指を向けて遮り、彗花はウインクする。

「一晩中がんばったんだから、栄養補給はバッチリしなきゃ。じゃないと、いいアイデアも浮かんでこないよ？」

「そ、それは……」

たじろいだ蓮に追い打ちをかけるように、ぐうぅ、と気の抜ける音が割って入った。発生元は無論、彼女の腹である。

バっと腕で押さえて顔を真っ赤にする蓮にもうひとつ笑いをこぼして、彗花は胸を張る。

「まかせて！　ホットケーキ焼くの、めっちゃ得意なんだ。甘いの苦手、なんて言ってられなくなっちゃうよ？」

唸《うな》る蓮を双子と一緒に追い出すと、彗花はエプロンを身に着ける。

徹夜明けで頭の芯はぼうっとしているが、気持ちはどこまでも昂《たかぶ》っていて、すぐには眠れそうにない。そういえば昨晩はシャワーすら浴びていなかった。ごはんを食べたら汗を流して、それから布団《ふとん》に潜り込もう。そう段取りを付けつつ、彗花はいつもの日曜日のように、ホットケーキの準備をする。

キッチンは普段となんら変わりないのに、目の覚めるような輝きに満ちていた。

惑う手は届かず

スイレン・グラフティ

第3話

わたしとあの娘のナイショの同居

扉を開けると、おかえり、と言われる。

あたたかい食事がある。食卓があって、席がある。

醬油《しょうゆ》とって、などと言われたりして、テレビを見ながらどうでもいい話に耳を澄ませる。会話に交ざっていようがいまいが、当たり前にそこにいるもの、として扱われる。風呂《ふろ》にも入れる。勝手に髪を乾かされる。

それから夜が過ぎて、朝になって、またできたばかりの食事を食べて。

毎日飽きもせず、その繰り返しで――そんな、どこにでもある、ありふれているだろうことが、ただ積み重なって。

いつもはっきりと目に映っていた彼の姿が、ぱたりと消えた。

ꕥ ꕥ ꕥ

（うっわ～、〝でじたる〟って高いんだぁ～……）

ドライヤーで髪を乾かしながらスマートフォンを覗《のぞ》き込《こ》んでいた彗花は、目を丸くした。

漫画制作について興味が出てきた彼女は、以前蓮が口にしたデジタル——現在の主流となっている手法がどういうものか、試しに調べてみたのだ。

どうも、パソコン上でイラスト用のソフトを使って漫画を描くことらしい、と理解してから、具体的にどういう手順を踏むのかを調べていったが、それだけで頭がパンクしそうになった。ペンタブレット、というもので直接画面上に描画する場合もあれば、紙の上に描いたものをスキャナーで取り込んで処理したり、とそのあたりで既に理解が追い付かなくなってきた。それでは必要な機材は、と種類と価格を調べたところで、完全にフリーズしてしまった。

最初に目が行ったのは『漫画用ソフトが月額五〇〇円！』との触れ込みで、これなら自分のお小遣いでも……と思ったのは甘かった。それを毎月払い続けるのはどうにかなるにしても、初期投資で買う必要のあるパソコンやペンタブレットがバカにならない。ノートパソコンでも一〇万円前後、ペンタブレットは安くて七〇〇〇〇円程度だが、天井を見だすと際限ない（しばしば見かけた〝液タブ〟なるものの値段を検索して目ん玉が飛び出るかと思った彗花である）。バイトすらしていない一介の女子高生には、手の届かない話だった。

（設備揃《そろ》えるのにお金がかかる、ってこういうことだったんだ……なっとく。ううー、いいアイデアかと思ったんだけどなー！）

ぱちん、とドライヤーのスイッチを切ってから彗花は顔を上げ、小さくため息を吐く。もしかして上手く〝でじたる〟を使えば即戦力になれるんじゃないか、なんて目論見《もくろみ》は、脆《もろ》くも崩れ去った。よくよく考えれば藁《わら》にも縋《すが》るような話だと自分でも呆《あき》れたが、それに頼りたい状況にあるのもまた違いない。

ちらり、と彗花は横目でちゃぶ台を見遣《みや》った。そこでは定位置に座っている庭上蓮が、頬杖《ほおづえ》をついて微動だにせず、広げたネーム帳とにらめっこを続行していた。

週末——お互い懸命に話し合って徹夜したあと、朝食を終えて仮眠をとってから蓮は凄《すさ》まじい勢いでネームを切った。それが終わって原稿用紙に下書きが上がるまでやることのない彗花は家事をしながら見守っていたのだが、あるとき変調が訪れた。

一六ページのネームを終わらせる前に、蓮が下書きに着手したのだ。漫画の設計図を仕上げ切らないで作画を始めていいのだろうか、と彗花は不思議に思ったのだが、〆切《しめきり》に確実に間に合うようにという蓮の作戦だと考えて、自分にできる作業に没頭した。だが、新しい週になって火曜の夜を迎えた今、彗花は思わしくない事態に彼女が陥っているのだろうと肌で感じ取っていた。

その理由は、まっしろなまま進まないネームである。ラスト二ページ——クライマックスのシーンが、どうしても浮かばないらしい。それ以前の内容は昨日までにすべて原稿用紙に起こし、彗花が枠線を引いたり、蓮も自らペン入れしたりして作業を進めている。その合間を縫ってネーム帳を睨《にら》みつける、その表情を見れば分かる。刻一刻と増していく焦燥感とままならないもどかしさに、苛《さいな》まれているのが。

そして状況は膠着《こうちゃく》……どころか、悪化しているようだ。今も、ノートの端にぐるぐると描きなぐった黒い毛玉が無数に増殖して、紙面の三分の一を占めようとしている。それを消しゴムで消して、というのを、もう何度も蓮は繰り返していた。その様子を横目で見ながら、彗花も内心気が気でない。

（授業中の内職でも、ずっと描き続けてたのに……その庭上さんのペンが、止まっちゃうなんて。ホント、どうしたんだろ）

現に蓮は日曜日に話したときも、一六枚のネームなんて楽勝だ、と豪語していたのである。描写としては主人公と悪の黒幕の一騎打ちをメインに据え、最後に主人公が勝って黒幕にトドメを刺すといういたってシンプルな筋書きだ。実際、下書きも終わっている一四枚まではほとんど一気呵成《いっきかせい》という勢いでネームができた。しかし残りの二枚は相当な難産のようだ。

黒幕を倒して、主人公たちレジスタンスは平和を摑《つか》む——そんな、大団円。だが一四枚目で敵に銃口を突き付けて、物語はそこで止まってしまっている。彼が引鉄《ひきがね》を引く、その瞬間が——まだ、こない。しかしそのシークエンスは一等、蓮がこだわっていた展開でもあった。

（やっぱりそういうのを絵にするのって、大変なのかな……気持ちが強い分、みたいな）

線引きやゴムかけなど単純な作業に携わるばかりの彗花には、漫画の真髄などまだまだ到底理解しえない。だから邪魔にならないよう、心配な想いを抑えて見守るしかない。だがそれは己の無力さを余計に痛感させて、ついため息となってこぼれ落ちる。レベルアップしようとして〝でじたる〟に縋《すが》ろうとしたものの無残な結果に終わってしまったし、いいところがない。

（うーん、二週間後にはポストに入れなきゃいけないんだもんね？　このままで間に合うのかな……でも、わたしができる作業は今んところ終わっちゃったし……）

ううん、と目を瞑《つぶ》って頭を捻《ひね》っていた彗花だが、パリン、とガラスの割れるような音がしてハッと我に返った。聞こえてきたのはキッチンのほうからだ。腰かけていたダイニングテーブルの椅子から立ち上がって小走りで駆け付けると、いつの間にかそこには蓮がいた。茫然《ぼうぜん》とした顔で床を眺めている。どうも水を飲もうとして、グラスを落としてしまったらしい。

「大丈夫、庭上さんっ？　怪我《けが》してない？」

慌てて声をかけると、蓮が肩をビクリとさせてから見遣《みや》ってきた。まるでこれから折檻《せっかん》を受ける子どものように、悲壮な形相だ。常ならぬその様子に彗花が首を傾《かし》げていると、蓮は小さく頭を振って疲労の滲《にじ》む声で言った。

「……ああ。けど、悪い。手が滑っちまった……弁償、するから」

「いいってそんなの！　これ、数あるし、一個くらい減ってもへーきへーき。何ともないなら、それが一番だよ」

彼女でも狼狽《ろうばい》することがあるのか、と新鮮に思いながら、彗花はキッチンの隅から小さなちりとりと箒《ほうき》のセットを持ちだした。よく双子が食べ物をぶちまけたりするので、常備しているのである。

しゃがみこんで破片を掃除しようとする彗花の手から、蓮がちりとりと箒《ほうき》をひったくる。そして、学校の掃除当番を一度も守ったことのない彼女は、まめまめしい手つきでガラスを片付けながら、彗花と視線を合わせずに言う。

「だめだ。明日、買ってくる。……似たようなもんになると思うけど」

頑《かたく》なにそう主張する蓮を見て、彗花は少し距離を感じてしまう。一緒に夜が明けるまで話し合って、あの朝日を眺めたときは、すごく近くにいるように思えたのに——今はなんだか、遠い。ただ席が隣どうしのクラスメイトだったときより、ずっと、遠い。

ふいに襲ったそのさみしさを振り払おうと、彗花は無理やり笑った。そして、その勢いのまま口を開く。

「……それじゃあ、わたし提案があるんだけど！」


次の日の放課後。彗花は駅前のショッピングモールに来ていた。家に帰るには遠回りになるので普段は近場のスーパーで買い物をするのだが、雑貨などがほしいときにはモールに並んだ専門店を訪れる。雑誌を立ち読みしたい衝動を堪《こら》えながら本屋を通り過ぎると、すぐ目的地にたどり着いた。食器類を取りそろえた、こぢんまりとしたショップ。その前に、憮然《ぶぜん》と立っている同じ制服姿の少女を見つけて彗花は小さく手を振った。

「よかったぁ、ちゃんと来てくれた！」

「おい、声でけぇぞ……」

駆け寄る彗花に、その少女——庭上蓮は渋い顔を向けた。てへへ、といたずらっぽく彗花は笑い返す。

彼女の提案とは、それなら一緒にグラスを買いに行こう、というものだった。実のところ、蓮が割ってしまったグラスは母の缶ビールのおまけで、市販では売ってないし、あまりものだったので池野家としては大した痛手ではない。だが、昨晩の蓮の様子を見るに断っても無理やり筋を通してくるだろうことは目に見えた。それならば、と彗花は自分も同行することにしたのだ。学校の誰かに見られたら、と蓮は最初難色を示したが、そこは負い目を逆手にとってうまいこと言いくるめた。

「さ、誰かにバッタリ会っちゃう前に、さっさと買い物済ませよっ」

「おー……」

彗花のペースに乗せられておもしろくないのか、蓮の態度は素っ気ない。だがその下唇がほんの少し突き出ている——それは蓮の照れ隠しだと、もう彗花には分かっている——ので、根っから嫌がっているわけではないようだ。それに気をよくして彗花は、勝手知ったるといった足取りで店内を進んでいく。

「……？　おい、グラスはあっちじゃ……」

「いーのいーの！」戸惑う蓮に構わず彗花はずんずん歩いていく。

「あっ、ほらこっちこっち！」

ショップに入って、右手奥。そこには大小用途様々な陶器が並べられていた。その中のひとつ、端正なストライプ柄の入ったどんぶりを手に取り、彗花は蓮に差し出して見せる。

「これなんかどう？　オトナっぽいし、庭上さんらしい感じする。シリーズで揃《そろ》えられそうだし」

「は……？」

当の蓮はしきりに目を瞬《しばた》いて、困惑を隠しきれていない。

「おい、待て。何の話だ？」

「何って……庭上さんの食器の話だけど。あ、もしかして可愛《かわい》い系のほうがすき？」

「いや、柄モンはシンプルなやつが……じゃねぇ！　なんでそんな話になってんだ、アタシは割ったグラスの代わりを買いにきたんだぞ⁈」

反射的に張り上げた蓮の声は店内に反響し、レジ前の店員がうろんな目を向けてきた。彗花は苦笑とともにぺこりと頭を下げてから、他の食器を手に取って何の気ない素振りを見せる。

蓮がこう言うのは予想の範疇《はんちゅう》だ。だから、返す言葉なら用意してある。

「だから、昨日も言ったけどホントあれ、大したことないのなんだって。弁償するって言ってたお金で、自分で使うの買っててよ。いつまでもお客様用の無地の食器ってのも、なんだか味気ないし」

蓮と寝食を共にするようになって一週間。わずかな期間だが日々の密度が濃すぎて、まるで昔からそこにいたように蓮は池野家の風景になじんでいた。その彼女の食事をいつまで経っても来客用の食器によそうのが、彗花としては何かよそよそしさを感じさせて、密《ひそ》かに悩みのタネだったのだ。まさか自分が幼少期に使っていたお古を出すわけにもいかず、どうしたものか、と頭を捻《ひね》っていたところに昨日の一件があり、渡りに船でのっかることにした。それに、こうして買い物にくれば気分転換にもなるのでは、という考えもあった。

だが、当の蓮は何か言おうとしてから口を噤《つぐ》み、そのまま踵《きびす》を返して歩き出した。彗花が手にしていた器を棚に戻して後を追うと、蓮はガラス製品を並べているコーナーにいて、割ってしまったグラスの類似品を手にしていた。

「庭上さん、」

「おまえバカか」鼻をひとつ鳴らしてから、静かな声で蓮が遮った。「月末の〆切《しめきり》過ぎれば、アタシはいなくなるんだ。……そんなヤツの食器買ったって、無駄だろ」

「……っ」

彗花は、囲んでいた暖炉の火にいきなり水をかけられた気持ちになった。指先から、つま先から、さわさわと寒さが忍び寄る。心が委縮して、舌先に乗っていた言葉がどこかへ飛んだ。

蓮の言ったことは、事実だ。元よりそういう約束だった——この生活が、永遠に続くわけじゃない。いつかは終わりがきて、庭上蓮は庭上蓮の、池野彗花は池野彗花の、それぞれの日常に戻っていく。

だがその当然の帰結を、今まで彗花は忘れていた。ずっと、こんな日々が続くと思っていた。

あまりにも……楽しかったから。

ああ、今、生きているんだ——そんな実感に満《み》ち溢《あふ》れたひとときの連続を、もっと、もっと、体感していたかったから。

そしてそれはきっと蓮も同じだと思っていたが、どうやら勘違いだったようだ。彼女にとってはこの生活は、夢を叶《かな》える途上で起きた単なるハプニングに過ぎない。彗花と違って、終わった後のことを——そのずっと先を、彼女は見据えている。

そんな蓮を、彗花はすごいと思っている。応援したいと感じている。だけど、今このときはただひたすらにさみしかった。ふいに突き放されたことへのショックを抑えきれず、震える口《くち》許《もと》で何とか言葉を返す。

「む、無駄ってことは……ないんじゃない？　だって、ほら、その——……そう！　持って帰ってさ、うちでも使えるよ？　だから——」

右往左往させていた視線を、覗《のぞ》き窺《うかが》うように蓮に合わせる。だが彼女は彗花が言い終わるのを最後まで待ちもせず、手にしたグラスを持ってそのままレジに向かった。気圧《けお》された店員は厄介な客の相手をさっさと済ませたいらしく、そそくさと金額を告げる。通学カバンから財布を取り出す蓮の背に、追いついた彗花が声をかけようとして先に、

「おまえ、ウザい」

蓮が振り向きもせず、ぽそりとそう言った。

その一言は今度こそ彗花の心を砕ききり、開きかけた口を閉ざさせた。そうこうしている間に蓮は会計を済ませ、店員が渡そうとした品物を受け取らず、親指で軽く彗花を指してから自分は背を向け歩き出した。

彗花は包みを受け取ってその後を追おうとしたが、店を出たところで勢いが萎《しぼ》む。蓮は一度も立ち止まらずに、夕方、客が増え始めたショッピングモールの人ごみの中に紛れ行ってしまった。

手の中に残ったグラスを見てからため息を吐き、やがて彗花も夕飯の買い物をするべく反対の方向へと歩き出した。


「……いやー、何アレ？　修羅場？」

「星加、茶化さないでよ……」

彗花と蓮が買い物をしていた商店の向かいにあるファッションショップ。そこからひょっこり顔を出して通りを見回したのは、橋本星加と園崎彩絵だ。

星加は用事がなければ放課後はこのショッピングモールをぶらつくのが日課で、彩絵は部活が週に一度の休みで参考書を買いに来ていた。特に示し合わせたわけでもないのだがバッタリ出くわして、彩絵が予備校に行くまでの間お茶でも——なんて、話をしていたとき、庭上蓮の姿を見かけたのだ。

それだけなら、ふたりが足を止めることもなかった。だが直後に彗花が——中学以来同じグループで、星加と彩絵にとって大切な友人である彼女が現れた。そして蓮と待ち合わせていたような素振りで店に入って行ったので、慌てて向かいの店に潜り込み、ひそかにその様子を観察していたのである。

だが通路を隔てているため彗花と蓮が何を話しているかは判然とせず、何やら険悪な雰囲気のままケンカ別れしたようだ、ということくらいしかふたりには把握できなかった。

「彗花……どうして、あんな人と一緒にいたんだろう」

呆然《ぼうぜん》と呟《つぶや》く彩絵、その隣で頰を搔《か》きながら星加も頷《うなず》く。

「食器屋なんて、フツー女子高生が行くような場所じゃないよねー。それも明らか待ち合わせしてたっぽいし。あー……あの噂《うわさ》、マジだったのかなー……」

「噂《うわさ》？　どんな？」

うっかり口を滑らせた星加はバツの悪い表情を浮かべる。だが警察犬のように返答を待つ彩絵を振り切れないと悟り、サイドテールを指先に絡《から》ませながら、ぼそぼそと話し出した。

「これ聞いたら、彩絵、絶対心配するって思って言わなかったんだけど……実は中学のとき、庭上蓮の隣のクラスだったたって娘《こ》と塾で一緒でさ。今でもたまに遊ぶんだけど、気になって……この前訊《き》いてみたんだよね、庭上ってどんなヤツだったのか」

ゴシップ好きの星加が、歯切れの悪い物言いをする。

「ほら、庭上って、顔がけっこーイケてるじゃん？　V《ブイ》系のボーカルみたいな感じで、雰囲気もクールだしさ。だから昔から女子に人気で、いろいろ、あったらしーんだよね」

「あったって……何が？」

「……不純同性交友、みたいな？」

おどけたポーズで少しでも場の空気を和ませようという星加の試みは、徒労に終わる。彩絵は、普段は理知的な印象を与えるぱっちりとしたつり目を、今は漫画のように丸々と見開き、啞然《あぜん》としていた。

中流の、ごく普通の家庭に生まれ、〝健全に〟育ってきた彼女がこの手の話に免疫がないと星加もよく知っている。ここから先は彩絵にとっては更にショッキングだろうということも。

だが敢えて星加は続けた。

「中学時代の庭上がヤンキーだったたってのは、マジみたいなんだよね。家にもろくに帰らないで、不良仲間とツルんで、それで……自分に気のある女子の家で半分同棲《どうせい》、みたいなことも、かなりやらかしてたらしいし。教室のガラスパリーン事件も、庭上の取り合いが原因だって塾の娘《こ》は話してた」

「……まさか、星加」青ざめた顔で、彩絵。「ひょっとして、彗花は、今……」

ため息交じりに、星加は頷《うなず》いた。

「うん……庭上が家に転がり込んでるんじゃないかなってのが、ウチの推測。彗花のことだから恋しちゃって舞い上がって、ってのはなさそーだけど……ヒトがいいのに付け込まれて、利用されてる可能性は、ある。それで最近気になってたんだけど、いやー……こんなガチの現場、目撃するとは思わなかったわ」

たはは、という情けない笑いは、星加の顔からすぐ消えた。彩絵は瞳を伏せて口を真一文字に引き結んで、何か考え込んでいる。だがいつまでも通路で立ち尽くしているわけにもいかず、星加は訊《たず》ねた。どういう答えが返ってくるか、薄々勘付きながら。

「ね、彩絵……どうする？」

彩絵は瞑目《めいもく》するも、すぐ瞼《まぶた》を上げて星加の顔を見た。

「その塾で一緒だったたって娘《こ》……今から、連絡取れるかな」

∞∞∞

その日、蓮は池野家に帰ってこなかった。

買い物を終えて彗花が帰宅すると待っていたのは双子ばかりで、催促されて夕飯を作りながら待ってみたが、一向に蓮は姿を現さなかった。美葉と茎一に先に食事を出して、スマートフォンで連絡してみようとした段階で彗花は気付く。蓮とは電話番号もSNSのアカウントも、交換していないことに。

いや、そもそも彼女がどこに住んでいるのかも、どういう家族構成なのかも、他にどんな友達がいて、これまでどういう生活をしてきたのか――庭上蓮がどういう来歴を歩んできた人間なのか、まったく自分は知らないのだと、このとき彗花は思い知らされた。

ただ唯一、漫画に人生を賭けるその情熱を除いて。

（……おせっかいがすぎたかな。あーあ、わたしっていっつも、そうなんだよな……）

結局夜九時を回っても蓮が顔を見せることはなかった。冷めたシチューをもそもそと口にしながら、彗花は落胆した。彼女の好物を出して仲直りのきっかけに、という淡い期待は儚《はかな》く散った。だいたい、がっついて食べているところを見ただけで、シチューが蓮の好物なのかすら定かでない。そんな自分の残念加減に、彗花の箸を運ぶ手の動きは鈍重だった。

そのまま食べ終わり、片付けて、風呂《ふろ》を済まし、双子を寝かしつけて、自らも部屋のベッドにもぐりこみ、一〇時過ぎには就寝した。久しぶりにちゃんと布団《ふとん》にくるまれているのに眠りは浅く、夜半《よわ》に何度も目を醒《さ》ました。

それでも何とか朝がきて、もそりと起き上がると机の上のスマートフォンに着信があるのが目に入った。もしかして蓮から、と気が逸《はや》って慌てて手に取る……も、メッセージの送信者は馴染《なじ》みの相手だった。

（彩絵と星加からだ……どうしたんだろ）

画面を立ち上げて内容を確認すると、そこにはシンプルにこうあった。

『今日の昼休み、話がしたい。場所は体育館裏で』


その木曜日、空はどんよりと曇っていた。

一足早く梅雨の訪れを感じさせる、湿った空気。長袖の制服では少し暑く感じて、教室に到着した彗花はハンカチで汗ばんだ額を拭った。そしてふと、隣の席を見遣《みや》る。

そこは元から誰もいなかったように、空白だった。始業のチャイムが鳴り、一限、二限と過ぎていっても、席の持ち主が現れる気配はない。

午前中最後の休み時間、クラスの男子たちが「ヤンキー、このまま今日はぜんぶサボるんじゃね？　新記録じゃん！」などと冗談を言って笑い合っていた。彗花はなぜかそれに無性に腹が立ち、ガタンッ！　とわざと音を立てて席から立ち上がる。キッと睨《にら》みつけると、男子たちはバツが悪そうな苦笑いを浮かべ、コソコソと「なにアレ、生理かよ」などと悪態を吐いた。それも彗花の耳に入ったが、数学教師の三重野が入ってきたので、場の空気はうやむやになってしまった。

そうして、午前の授業が過ぎた。お弁当の包みを持って屋上へ向かおうとして、彗花は立ち止まった。いつもともに昼食をとる彩絵と星加から、今日は別の場所を指定されていたのを思い出し、階段を下っていく。

(体育館裏って言ってたよね。でも、いったいなんだろう？　あんまり人に聞かれたくない話なのかな……？)

彼女たちが通う学校の体育館は人通りの少ない車道に面し、敷地《しきち》を隔てているフェンスは雑草で覆われ見るからに鬱蒼《うっそう》としていて、好んで近寄る生徒はいない。彗花も昼休みに訪れるのは初めてで、今日は曇天であることも手伝い、いっそう密に漂う陰気さに思わず怯《ひる》んだ。

だが、見知った顔が既に揃《そろ》っているのを見つけ、安堵《あんど》しながら小走りで寄っていく。

「お待たせ、彩絵、星加！　改まって話って、どうしたの？」

どんなときも変わらず友人でいてくれるふたりの存在は、彗花にとって大きな心の拠り所《よりどころ》だ。

だがその彩絵と星加は、尋常じゃない様子で彗花に対面する。特に彩絵の固く険しい表情は彗花を動揺させた。彼女がそんな顔を自分に向けることなど、幼稚園来の付き合いの中でめったにないことだった。

「あー……あー、ごめんね、彗花。急にこんな、さ」

場の空気を重んじるタイプの星加は、苦笑を貼り付けてとりなそうとする。だがいつもはよく口が回る彼女も、何か歯に挟まったようなキレの悪さだ。これはふたりの身によほどのことがあったに違いない――そんな思いが彗花の頭を過《よぎ》る。

「もしかしてふたりとも、なんか困ったことが起こったの？　わたしにできることがあったらなんでも――」

「それはこっちのセリフだよ！」

感情が爆《は》ぜたように、彩絵が声を荒げた。その大きさに彗花は肩をビクつかせ、言った彩絵自身も戸惑ったふうに一瞬眉間を緩めた。だがすぐにまた顔を強張《こわば》らせる。

「どうして、何も言ってくれなかったの……？　そんなことになってるなんて……」

「え？　……え？　いったい、なんのこと？」

「今、彗花の家にいるんでしょ――庭上蓮」

手の中のお弁当箱を落としそうになるも、なんとか彗花は堪えた。なぜそれを、彩絵が知っているのか――その驚愕《きょうがく》が口から出そうになったが、すんでのところで飲み込んで、彗花は苦々しく笑った。

「え、えー？　何それ？　どうしちゃったの彩絵、そんな冗談、らしくないよ？」

「……彗花、あのさ」

普段は飄々《ひょうひょう》とおちゃらけている星加が、真面目な面持ちで介入してくる。

「悪いけど、もう裏付けとれちゃってんだわ……今日の朝、登校中の美葉ちゃんと茎一くんに確認した。先週から家にずっといるんでしょ、庭上」

「っ……！」

まさかふたりがそこまで手を回しているとは予想しておらず、彗花は二の句を継げなかった。退路を断たれた余裕のなさで、ただ俯《うつむ》くしかない。心の中で美葉と茎一を呪ったが、顔見知りの彩絵と星加に訊《き》かれれば何も考えず答えてしまっても無理はなかった。

「今まで気付けなかった私が、偉そうに言えることじゃない――でも」

押し殺したような声で、彩絵は懸命に紡《つむ》ぐ。

「彗花が庭上にいいように使われてるんじゃないかって知ったら、黙ってなんていられないよ……お願い、彗花。ぜんぶ、話して？」

うっすらと潤んでいるその黒い双眸《そうぼう》が、彼女が痛切に心配してくれているのだと彗花に伝える。それは、星加も同じだろう。自分を大事な友達だと思うからこそ、手を差し伸べようとしてくれている。

あるいは、これが先週のことであれば、彗花は躊躇《ためら》いなくその手を取ったかもしれない。だけど、もう遅すぎた。

今更、もう、自分は裏切ることはできない――あの少女のことを。

たったひとり、胸に抱いた広大無辺の夢に挑み、走り続ける彼女のことを。

そして彼女は、誰にも知られたくないと言っていたのだ。

だから今彗花にできるのは、ひたすらに口を噤《つぐ》むことだけだった。本当なら、上手い方便でも繕ってこの場を逃れるのが賢いやり方なのだろう。しかし、彗花にはそれもできない。まごころから差し伸べられる友達の手を、口先で払いのけるだけの器用さを、彼女は持ち合わせていなかった。

誰とでも向かい合って己の考えを、気持ちを交わし合う——そうしたコミュニケーション上に成る生活の住人である彗花にとって、この相克は堪えがたい苦痛だった。ひとつ意識の握り方を間違えれば呼吸困難に陥って、気を失い兼ねないほどに。

そうしてしばらく、体育館裏には気まずい沈黙が流れた、遠くから昼休みを楽しむ生徒たちの声が、空々しく三人の間に届く。彗花は視線を合わせようとせず、星加は上手い手を考えあぐねて頭を掻《か》く。その膠着《こうちゃく》状態を破ったのは、彩絵だった。

「彗花……ひょっとして」

「な、なぁに？」

重々しい彩絵の物言いに、彗花は萎縮する。続いて何が飛び出るか、と内心気が気でない彼女は、

「……すきなの、庭上のこと？」

と明後日《あさって》な方向からの問いかけにずっこけそうになるのをなんとか踏ん張った。

「え、ちょ……何言ってんの彩絵⁈」

「あんたねー……」星加もため息を吐く。「もうちょっと包んで言えない？」

彗花の赤面と星加の呆《あき》れ顔《がお》をものともせず、真面目そのもので彩絵は続ける。

「ごめん、別にそれがどうって言いたいわけじゃなくって……彗花が本当にすきな相手なら私は応援したいし、叶《かな》うといいなって心から思うよ。だけど——お願い、庭上だけは諦めて」

「え……？　どういう、こと……？」

その言葉は、嘘《うそ》でも冗談でもない——もとより、彩絵がそうしたことを口にするタイプでないことは、付き合いの長い彗花はよく知っている。そして、〝諦めて〟、なんて踏み込んだ要求を、考えなしに友達に突き付ける娘《こ》でないことも。だからその想いはいっそう、重く彗花の心にのしかかる。

だんだんと思考が混乱してきた彗花を気遣うように、ゆっくりと星加が話し始めた。

「ウチと彩絵が裏付けとったの、双子だけじゃないんだ。塾トモのツテを辿《たど》って……昨日、庭上の中学時代のお相手に、話聞いてきたの」

「おあいて……？　何、それ？」

「庭上が、一緒に暮らしてた相手だよ」

彩絵の静かな声は、金づちのように彗花の頭を打った。刹那、眼前が明滅する。

自分は何も知らない——庭上蓮という少女のことを、何も。

その彼女の〝過去〟の話。

彗花は呼吸を乱した。酸素が上手く行き渡らず、くらくらと視界が揺れる——ふらふらと、

足元がおぼつかなくなる──

「庭上のヤツ、相当ハデにとっかえひっかえしてたみたいでね」──そう言う星加の声も、変に遠い──「学校の内外問わず、同年代の色んな女の子の家、渡り歩いてたんだって。ウチらが話を聞いた娘《こ》のところは、一番長くて……中学二年の秋から半年くらい、一緒だったって言ってたかな？　だけど、あるとき学外の女子が教室に乗り込んできて、庭上を返せって暴れて……それで庭上が『うるさい』って教室の窓ガラス、割ったんだって」

星加は額に手をやり指で軽く掻《か》く。持ち上げた口角は場の空気を茶化しきれず、いびつな笑みを形成するばかりだ。

「ま、女子どうしでカレシやトモダチ取り合ってドロヌマ、っつーのはあるあるだけどさぁ……さすがにそこまで行くとウソでしょ、って訊《き》いたんだよね。そしたらご丁寧に現場の写メまで見せてくれちゃってさー……教室の床に飛び散ったガラスの破片に、血痕。ありゃ、マジですわ」

「うそ……うそだよ、だって、庭上さんそんなの一言も」

ハッと気づいて唇に手を宛《あて》がうも、時間は遡行《そこう》しない──彗花は、自らの失態を悟った。

彩絵と星加が、やっぱり、といった視線で見つめてくる。そして彩絵が、苦虫を噛《か》み潰《つぶ》したような険しい顔で言った。

「そんなこと、わざわざ言わないでしょ……その、利用しようとしている相手に。庭上はそういう、あくどい人間なんだよ。前からちょっとおかしいな、って思ってたけど……昨日話聞いて、ホントそう感じた。振り回される側のことなんて、考えないヤツなんだよ」

「彩絵……なんで、そんなこと言うの……？　そんな、周りの評判だけで人を悪く言うなんて、彩絵らしくないよ……」

「私のことなんて今、どうでもいいでしょっ！」

癇癪《かんしゃく》をぶつけるその物言いに、彩絵自身が傷ついたように顔を歪《ゆが》めた。そんな自分を見せまいと、半身を逸《そ》らす。

「彗花はお人好《ひとよ》しすぎるよ……勝手に家に上がり込まれて、まだ庭上を庇《かば》うの？」

「それは……その、うちが原因ってところもあるし……庭上さんが勝手に、ってわけでもなくて」

「原因？　どんな？」

星加がいつものゴシップ好き精神からではなく、真剣に思いやって訊《たず》ねてくる。それでしまった、と彗花はまた自分の迂闊《うかつ》さを呪った。

それこそ、彼女が一番露見を忌避していたことだ。蓮が池野家に来た理由、それは美葉と茎一が彼女の大事な原稿用紙を台無しにしてしまったあの事件に端を発する。だがその事実を話してしまえば、彩絵と星加に知られてしまう——蓮が、漫画を描いていることを。

何度も彼女は、彗花に釘《くぎ》を刺してきた。絶対に他人に喋《しゃべ》るなと。それは単なる照れ隠しではないと、彗花も察している。事情をよく知りもしない外野から冷やかされたくないのだ。

だが一方で、このまま彩絵と星加をごまかすこともできない。蓮への義を果たしたいと思う気持ちと同じくらいに、ふたりの心配を取り除きたいという願いも切実だった。

彗花は激しいジレンマに苛《さいな》まれた。自分を気遣う彩絵と星加の顔を見れば、思わず口が綻びそうになる――それを必死に縫いとめるのは、あの朝見た、曙光《しょこう》に照らされた蓮の横顔だ。天秤《てんびん》にかけることなど、できない。なのに、今、選ばなければならない。

「……彗花、」

しびれを切らした彩絵が名前を呼んだそのとき、ざっ、と雑草を踏みつけるわざとらしい音がした。

それは、他の誰かがこの場に現れたことを意味する。

三人が反射的にその方向を見遣《みや》ると、

「あーあ、バレちまった」

冷めた眼差《まなざ》しで笑う庭上蓮が立っていた。

庭上さん、と彗花が口にすると同時に彩絵がふたりの間に割って入る。優等生然とした彩絵と、制服を着崩し片足重心で立つ蓮。その対比は、いかにも不良が委員長に説教される典型の構図だった。彩絵の肩越しに覗《のぞ》く蓮は、彗花の見たことのない、投げやりで卑屈な笑みを浮かべている。すん、と鼻を鳴らし、蓮は曇天を仰いだ。

「せっかく、高校でも都合のいい部屋見つけたと思ったのにな。そこそこ学校から近くてメシも勝手に出てくるし、何もしねーでも風呂《ふろ》沸《わ》くし。あー、くそだりぃー。また別んトコ探さなきゃなんねーのか、あー」

けらけらと軽薄に吐かれた言葉に、彗花は全身の血が引く想いだった。足元がふらつき傾《かし》いだのを、傍《かたわ》らの星加が抱き留めて支えてくれる。何も言えない彗花の代わりに、彩絵が嚙《か》みついた。

「あなた、やっぱり彗花を利用して……！」

「何が悪いんだよ？　そいつから言い出したんだぜ、なんでもするってな」

鬱陶《うっとう》しさを隠しもせず、蓮は頭を掻《か》く。そして右肩にかけたカバンの紐《ひも》を直してから背を向けた。

「でもめんどうだし、もういいわ。代わりなんてどうとでもなるし。……あ、置きっぱの荷物も取りに行かねぇから。テキトーに処分よろしくー」

ぷらり、と右手を振って、そのまま歩き出す。まるで売れない役者が三下《さんした》の役を終え舞台袖に退場するように冴《さ》えない後ろ姿は、らしくなかった。

プロの漫画家になるんだ——そう豪語した、あのどこまでもひたむきに夢を追いかけていた庭上蓮に、似つかわしくない姿だった。

その想いが、星加の制止を振り切って彗花を走らせる。だが蓮に追いつこうと駆け出した、その左腕を彩絵に引かれ、それ以上は進めない。どんどん、距離が離れていく——なんとか引き留めたい一心で、彗花は声を張り上げた。

「ねぇ……ねぇ、庭上さん！　うそでしょ‼　だって庭上さん、あんなに……っ」

続く言葉が飛び出る前に、蓮が足を止めた。

肩越しに、振り返る——その目元は前髪に隠れて感情を探らせることすら許さず、ひとつ、鼻を鳴らしてから、

「おまえさ、やっぱウザい」

それだけ呟《つぶや》いて、また歩き出した。その背はあっという間に、見えなくなる。

全身から、力が抜ける。

お弁当箱が彗花の右手から滑り落ちて、地面にカシャンと落下した。そのまま膝が折れて崩れ落ちた彼女を、両サイドから彩絵と星加が抱きしめる。

「ね……分かったでしょ、彗花」言い聞かせるように、彩絵。「ああいう、不誠実なヤツなんだよ庭上は……これ以上、彗花が振り回される必要なんてない」

「まぁ……事情はよくわかんないけどさ」優しく宥《なだ》めるように、星加。「すっぱり、忘れちゃったほうがいいと思うよ。きっと、縁がなかった……それだけなんだよ」

ふたりのなぐさめも、届かない。

彗花は身体中すべてがからっぽになって、大事なものが何もかも抜け落ちてしまったかのよ

うな虚脱感に見舞われていた。

初めて、枠線を引いた。

原稿用紙を折らないように注意しながら消しゴムを掛けた。バツ印の入っているところに墨《ベタ》を入れた。ノート一面に埋め尽くされたネームに驚かされた。何度も何度も、頷《うなず》き合《あ》えるまで対話を重ねた——いつの間にか夜が明けて、一緒に並んで朝日を見た。

それだけじゃない。ドライヤーで髪を乾かしたこと。言い合いながら買い物したこと。納豆を前にひと騒動したこと。久しぶりに、四人掛けのダイニングテーブルが埋まったこと——

あれだけ確かに心を満たしていたのに、ぜんぶ、どこかに行ってしまった。

(なんだろう……もう、何を信じたらいいのか……分かんない……)

わからない、わからない……茫然自失《ぼうぜんじしつ》の思考は、ただその言葉を繰り返す。

動けないでいる彗花とそれを支える彩絵と星加のもとに、無慈悲に予鈴の音が届いた。

◈◈◈

木曜の昼間から金曜日の放課後まで、どうやって過ぎていったのか彗花は憶《おぼ》えていない。

ただ慣習に従って、授業を受けて、掃除して、家に帰れば食事を作ってこまごまとした用事を済まし、双子を寝かしつけて自身も眠る。頭がぼんやりしてろくに物を考えられないのに、一連の流れは身体に染《し》みついていて、まるでロボットのように自動的にタスクをこなしていった。それは高校一年生に至るまでずっと、彼女が重ねてきたルーチンだったから。

なのに、作業をこなしながら彗花はそれがひどく懐《なつ》かしいような気がしていた。しばらく、そんな平坦《へいたん》な生活から遠ざかっていたような——金曜の夜、食事が終わって食卓を片付けていた彗花の目に、その理由がふと留《と》まる。

（そっか……最近は、ずっと漫画描いてたから）

居間の片隅にまとめてある、スポルティングバッグとトートバッグ。目に入ると胸が握り潰されるように苦しくなるので意識しまいと努めていたが、そのときはなぜか、じっと見入ってしまった。

宣言通り、蓮はあれ以来この家を訪れなかった。着替えも、画材道具一式も、ネーム帳も、描きかけの原稿用紙すらも、すべて放り出して彗花の前から消えてしまった。そう、彼女は池野家どころか学校にも姿を見せなくなってしまったのだ。

木曜の昼休みに教室に立ち寄ったらしいとクラスメイトから聞いたが、彗花が戻ってから金曜日の授業が終わるまで、隣は空席だった。これまでもサボることはあっても、二日連続丸々休むというケースはなかった。

学校にも届出を出していないようで、「庭上と連絡が取れる者がいたら、職員室まで来てくれ」と担任がホームルームでため息交じりに言う場面もあった。もっともそれは形式的なものに過ぎず、彼女の身を案じての発言でないことは生徒たちの目にも明らかで、彼らもまた、関わり合いはごめんだとばかりに口を噤《つぐ》んだ。

住所も電話番号も把握しているはずの担任ですらこうなのだから、彗花には現状打つ手がない。荷物は処分しろ、と彼女は言っていたが、人の私物を勝手に触るのに気が引けて、邪魔にならないところへ寄せておくので精一杯だった。できることなら返却したかったが、それもままならない——そのうえ視界に入るたびに辛《つら》さがこみ上げるので、本当に処分しなければならないか、という悩みが、彗花の頭をいっそう鈍重にさせた。

（一昨日までは……ちゃぶ台いっぱいに、原稿用紙、並べてたのに）

それだけではない。ペンや、消しゴムに定規、トーンなどがちゃぶ台の上や周辺にとっ散らかって、あられもない状態だった。いつも美葉と茎一がクレヨンやら折り紙やらをばらまいて叱る側の彗花は、気付いたらすぐ片付けるようにしていたのだが、それでも作業が進むとまた画材に取り囲まれていた。どうも集中しているうちに、無意識であちらこちらに置いてしまうらしかった。

そんなふうに夢中になって何かに打ち込んだのは、本当に久しぶりだった——いや、ひょっとしたら、初めてだったかもしれない。物心がついて母が外に働くようになってから、それを支えるばかりになって、自分のことは後回しになっていた。

たった一週間と少しばかりのことなのに、それはこれまで彗花が歩んできた人生の中で、もっとも濃い瞬間の連続だった。

戸惑いもあった。無力さも覚えた。それでも——熱かった。全身の隅々まで血が行き渡って、生きているという実感に満たされた。

夢を追いかける庭上蓮の隣で走る、その日々は。

（…………）

彗花はテーブルを拭いていた布巾を置いて、おもむろに歩き出した。蓮の荷物をまとめている片隅に辿《たど》り着《つ》くとしゃがみこんで、トートバッグの中を探る。それは蓮がこの家に最初に来たときから持っていたもので、彼女が大事にしていたはずの漫画に関わるすべての道具を収めていた。

その中から彗花は、躊躇《ためら》いながらある物を取り出す。

くたびれたキャンパスノート。蓮が片時も手放さなかった、あのネーム帳。

表紙をそっと指先で撫《な》でてからページをめくろうとして……彗花は、その動きを止めた。

処分しろ、と彼女は言った。だから、ここに置いてある物をどう扱おうとそれは彗花の自由だ。だからこの中を覗《のぞ》いたって、咎《とが》められる謂《いわ》れはない。

だけど、無性に怖い。

このノートにしたためられているのは、紛《まが》うことなく蓮の想いだ。彼女が漫画を通じて〝ぶったぎってやりたい〟と心に滾《たぎ》らせた情念だ。それを、一度読んだことのある彗花は重々承知していた。だからこそ——これを読めば、彼女の想いにまた触れられるはずだ。

しかしその先に見つけるものは、以前と同一かはわからない。

『おまえさ、やっぱウザい』——その拒絶が、この中に描かれていないなんて保証は、どこにもない。漫画への情熱が失せてしまった、その証拠がないとも限らない。

少なくとも、ページをめくらなければ、答えは永遠に分からないままなのだ。箱の中の猫が死んでいるかどうか、知りようがないのと同じように。

彩絵と星加の言葉が、脳裏を過《よぎ》る。そう、『ああいう、不誠実なヤツ』だから、『すっぱり、忘れちゃったほうがいい』——そうして、また、慣れたこの普通の生活に戻っていけばいい。ここ数日の出来事は夢か幻かだと思って、ここにある荷物もぜんぶ捨てて、それで——

「……なんで、それが、いやなんだろう……」

ぽつりとこぼれた呟《つぶや》きは、涙に濡《ぬ》れていた。

いつの間にかネーム帳の表紙に、しわが入っている。あまりにも強く握りしめていたためだが、指先にこめた力を緩めようとしてもままならない。ノートを開くことも、ページをめくることも叶《かな》わない。


どうしたらいいか、分からない——

なのにこのままでいるのだけは、途方もなく嫌なのだ。

それは蓮との別離以来ぼやけていた彗花の心に、最初に浮かび上がった明確な想いだった。とにかく、このままは嫌だった。あれだけ体中に溢《あふ》れかえるような煌《きら》めきを知ったあとで、これまでの生活にすんなり戻れるはずなんてないのだ。

（わたし、庭上さんの漫画が、読みたい——完成したところを、ちゃんとこの目で確かめたい——！）

それこそが、自身の偽らざる想い。

このときようやく彗花は、己の願いに向かい合うことができた。しかしそれでも、一歩を歩みだせない。他ならぬ庭上蓮自身が、背を向けて去って行ってしまったから。

追《お》い縋《すが》ろうとするのは単なるエゴではないか——その一念が強い恐怖となって、彗花の心を抑圧した。だがもはや気持ちを押し殺すこともできず、その葛藤が大粒の涙となってぼろぼろと流れ落ちた。父が死んだ夜、トイレでひそかに泣いたときと同じように激しく、とめどなく、溢《あふ》れ出《だ》してくる。

彗花はひとり固く目を閉じて泣きじゃくった。だが丸めたその背に小さなぬくもりを感じて、そっと瞼《まぶた》を押し上げる。

「すいねーちゃん、よしよしなのです」

「いっぱいいっぱい泣くのです」

いつの間にか、風呂《ふろ》から上がってきた美葉と茎一が左右に座り込んで、姉の背をさすっていたのだ。みっともないところを見せてしまった……そう思って彗花はネーム帳を置いて服の袖で目元を拭うが、まだ涙は収まらない。

「ご、ごめんね……大丈夫だから。お姉ちゃん、平気だから」

「すいねーちゃん、ウソつくのよくないです」

ぷっくりと美葉は頬を膨らませる。が、すぐにそれは萎《しぼ》み、シュンと項垂《うなだ》れた。

「……にわがみさん、帰ってこないのミヨたちのせいです？」

「え……？」

「ケイたちが悪いことしたから？」茎一もしょんぼりしている。「それでにわがみさん、イヤになって、帰ってこなくて……それですいねーちゃん、泣いてるんです？」

小さな双子は純真な分、人の心の機微に敏感だ。彗花に元気がないことも、それが蓮の不在に関わることも、既に察していたらしい。そして、それは自分たちのせいではないかと考えてしまっているようだ。

彗花は慌ててその勘違いを否定しようと口を開いた。だがそれより先に、

「でもミヨたち、今度はアイス食べてないのです！」

と美葉が声を上げる。茎一もブンブン頷《うなず》いている。

「そうなのです、ちゃんと四人分とってあるのです！　だからまた、ケイとミヨと、すいねー

ちゃんとにわがみさんで、ホットケーキ食べるのです！」

「すいねーちゃん、にわがみさんどこですか？　ミヨたちちゃんとあやまるです。だから一緒にホットケーキ食べたいです！」

「あ、あのね、ふたりとも……」

必死に懇願してくる双子に、彗花の涙もどこかに飛んでいってしまった。どうも思い詰めてしまっているふたりをなんとかなだめようと、逆に抱きしめてやって……ハッと思い至る。

そうだ、この前の日曜日――こっそりアイスを盗み食いした双子を見て、蓮は言ったのだ。

甘いものが得意ではないから、自分は要らないと。

傍目《はため》に分かる虚勢だった。実際、あのあと彗花が作ったホットケーキを蓮はひときれひときれ噛《か》み締《し》めるようにゆっくり食べて、アイスもきれいに平らげた。それ以降注意して観察してみて確信した。夕飯後にデザートがついていたときは、気のない素振りを見せながらもひっそり頬を緩めて味わっていた――要は彼女は甘党で、単にうそぶいていたにすぎないのだ。

（そうだよ……わたし、自分で言ったんじゃんか。庭上さんは、分かりやすい人なんだ）

何かを秘匿しようとするとき、彼女はその合図を見せてしまう。

照れ隠しのときは、下唇を突き出す。そして本音を隠したいときは、

（鼻を、すんって鳴らして――…………っ！）

彗花はそこで双子から手を離し、再びネーム帳を手に取った。今度は逡巡《しゅんじゅん》なくページをめく

る。目指す先はノートの終盤、一番新しいところ──蓮が苦悩していた部分。

書き込みのあるその最後のページを、彗花は凝視した。

コマも割っていない。キャラクターも、背景の指示などもない。白紙の中、描きあぐねを示すような黒い毛玉が大小さまざまに続き──その片隅に、見つけた。

小さく、それでも端正でまめまめしい、蓮の筆跡に連なる言葉を。

「……ごめんね、美葉、茎一」

ノートを静かに閉じながら、彗花はおどおどとした弟妹をしっかりと見つめた。

泣きはらした目元は赤く、それでも──もう、迷いは晴れている。

「今度の日曜は、朝のホットケーキ、作れない……お願い、ちょっとだけ待ってて」

楽しみにしていたものが出てこないと聞かされ双子は一瞬落胆の表情を浮かべたが、姉の真剣な眼差《まなざ》しに、ひとつ大きく頷《うなず》いた。

ふたりに微笑《ほほえ》みを返してから、彗花は立ち上がる。

自分の部屋、その勉強机の上で充電していたスマートフォンを立ち上げ、メッセージアプリを開く。そして急《せ》く想いのままに文章を打った。

『彩絵、星加、遅くにごめんね。昨日はありがとう。……あのね、ひとつお願いがあるんだ』

スイレン・グラフティ

第4話 わたしとあの娘のナイショの同居

遠く、どこか遠くではしゃぎ合う声が聞こえて、目が覚めた。

暗闇の中、もそりと身体を起こす。耳を澄ますと、子どもたちが騒ぐのと、それを応援する親の声がうっすらと耳をくすぐった。寝起きでぼんやりした脳みそが、そういえば近所に幼稚園があったな、なんて情報を引っ張り出してくる。確か今日は日曜日だったから、少し早い運動会か、それに類する行事でも催されているのだろう。

蓮はポケットからスマートフォンを取り出して、時間を確認しようとした。しかしバッテリーは切れている。金曜の晩に限界がきて、そのまま充電できていないのだ。

自前のアダプターは、他の私物同様もう手元に戻ってこない。予備などあろうはずもない。どこかで新しいものを調達しなければ、と思いながら何をするにも物憂《ものう》く、昨日一日は適当に時間を潰して過ごしてしまった。

はあ、とため息を吐きながら頭を掻《か》く。そこでふいに自身の体臭が鼻につき、顔をしかめた。

（……ちっ、さすがにそろそろくせーな。ネカフェ行って、シャワー浴びるか……）

これが秋か冬であればもう何日かはやり過ごせるのだが、残念ながらじきに梅雨を迎える時分である。ここ数日はじっとりと湿気の多い天候で、汗も掻《か》いてしまっていた。気分を切り替えるためにも、入浴をしたほうがいい。もう一度大きく息を吐いて、蓮は行動を開始した。

彼女を取り巻く暗闇の中で、淡い光が縦に一筋走っている面がある。蓮はその線に指先をひっかけ、物音を立てないよう、そうっと横に引いた。その分だけ広くなった光の中に浮かび上がる景色——それは雑然とした狭い四畳半の和室だった。

蓮は今、その部屋の押し入れの上段に身を潜めていた。注意深く、ほんの少しだけ開いたふすまの隙間から、室内の様子を探る。空き缶に雑誌、競馬新聞、カップ麺の残骸と煙草《たばこ》の吸い殻——その他無数の生活ゴミが散乱する他に、異常はない。目立った動きといえば開けっ放しの窓から風が吹き込み、安物のレースカーテンが虚《むな》しくはためいているくらいで、部屋の主は留守だった。

昨晩も帰ってきた様子がなかったので、朝になった今でも不在だろうとは蓮も見当をつけていたが、念には念を、だった。向こうは彼女が帰ってきていることを知らない。水曜の晩、久しぶりにこの部屋に戻ってきた彼女はすぐさま押し入れに引きこもって、夜半に家主が連れ込んだ相手と夜通し楽しんでいるのを耳に手を押し付けてやり過ごした。午前中いっぱい寝こけた部屋の主が出勤したのを見届けてから、自身も出ていったのだ。

それから木曜、金曜、土曜と蓮は夜を押し入れの中でしのいだが、部屋の主は戻ってこなかった。だからこそ、そろそろ遭遇する可能性が高い。蓮は気を引き締めてから押し入れのふすまを開き、猫のようなしなやかさで部屋の中へと出る。通学用の薄っぺらいリュックを手早く背負ってそのまま玄関まで進もうとしたが、ふと立ち止まり、踵《きびす》を返して押し入れに向かい合った。

（……やっぱ、これしかねぇか）

押し入れの上段に足を引っかけて、蓮は更にその上の天袋を開く。そしてその奥にある、埃《ほこり》をかぶったクリアケースを摑《つか》んでから床に足を下ろした。

息を止めて埃《ほこり》を手で払うと、クリアケースの中にはキャンパスノートの束が入っていた。フタを開けて中身を取り出し、蓮は無造作にパラパラとめくって中を確認する。

それはいずれも、彼女が描《か》き綴《つづ》ったネーム帳だった。漫画を描き始めてから一年半とちょっと。その間、毎日飽きずに描いて、描いて、ひたすらに描いて、気が付けば一〇冊近くにも及ぶページを埋め尽くしていた。初期の頃のものを見るとさすがに拙《つたな》さを痛感して、逆に口許が綻んでしまう。

（やっぱ、使えたもんじゃねーか……でも、何もねぇよりかは……）

蓮は口を真一文字に引き結ぶと、ネーム帳をすべてケースに収め、小脇に抱えた。

（ネカフェで風呂《ふろ》入ったら、もう一度見直してみるか。どのみち、今のままじゃ間に合わねぇ……ラストが、まったく浮かばねぇんじゃ）

それこそが、彼女が今抱えている一番の問題だ。

新たに切り直した一六ページ分のネーム——そのクライマックスが、どうしても思いつかないのだ。

そんな事態は漫画を描き始めて以来、出くわしたことがなかった。展開の繋《つな》ぎ方《かた》や構図の取り方で詰まっても、とりあえず描き進めれば形にはなる。出来不出来は二の次で、今はとにかくひとつでも多くの経験を積む――その心意気で、蓮はただ我が道を突っ走ってきた。

なのに今、彼女の頭には何も思い浮かばないのだ。話の流れなら、とっくの昔に決まっている。『NO WHERE NO MORE』という物語を構想したそのときから、ラストだけは定まっていたのに、ネームに落とし込もうとするといつも脳裏が真っ白になって、そこで止まってしまう。

漫画家がネームを切るには、各人に合わせた方法がある。文章だけでまず脚本を作ってそこから画面を起こしたり、逆にノープランで筆が動くままにコマを割ったり。蓮の場合は、まず頭の中で物語を映像にして、それを漫画表現に対応させていく。色々試行錯誤しながらネームに取り組んだ結果、自然とそこに行きついたのだった。

その中で主人公はいつも、率先して行動した。世界の非道に憤《いきどお》り、涙を咆哮《ほうこう》と奔走《ほんそう》に換えて、自らの手を血に染めながらも活路を切《き》り拓《ひら》いていった。それは、蓮の願いそのものだった。彼女がそうありたいと望む、英雄像だった。

彼は、彼女だった。だから、他の登場人物には分からない側面があっても、彼のことなら蓮はぜんぶ、知っていた。彼の叫びは彼女の憤怒《ふんぬ》。彼女の嘆きは彼の決意。彼女と彼は別の次元の同じ戦場をひた走る仲間だった。

その彼の姿が、消えた。

あとはただ、黒幕に向けて引鉄《ひきがね》を引くだけ——銃声とともに歓声が湧き、そこで物語は幕を閉じる。初めから、定まり切った結末。

にもかかわらず、そこに至るまでの道筋を蓮が覗《のぞ》きこもうとすると、彼はいなくなってしまう。彼の属する世界も、跡形もなく蒸発してしまう。まるで、蓮が望むエンディングを否定するように。

（……あーあ、だいぶナーヴァスになってやがる）

はっ、と鼻で笑って、蓮はのそりと歩き出した。

彼女の中の現実主義者《リアリスト》な一面が、自身を軟弱だとなじる。描けなくなったという感傷に耽溺《たんでき》している時間があるなら、その分、頭を、手を、ペンを動かして、別案を次々と試していくべきだ。そうこうしている間に、月末の〆切《しめきり》は刻一刻と近づいている——いい加減立ち止まっている時間はない。

（丸々三日、無駄にしちまったからな……ホント、慣れねーことはやるもんじゃねぇわ）

そもそも、この不調の原因は馴染《なじ》みのない環境に身を置いたからではないか、と蓮は疑っている。朝と晩にあたたかい食事が出てきて、湯の張った浴槽にゆっくり浸《つ》かって、どうでもいいことをなんやかんやと言い合って、そして——誰かと一緒に、漫画を描いて。

それで、つい、見失ってしまったのだ。これまでどんなふうに漫画を描いていたのかを。だからきっと彼も、自分を見限ってしまった。

(ずっと、ひとりでやってきたんだ。誰かの手を借りようなんて考えが甘かった。アタシは……アタシの力だけで、プロになってやる。成り上がってやる。……そう)

まなうらに、あの少女の笑顔が過《よぎ》る。

素直なくせに、変なところで意地っ張りで、だけどまっすぐ蓮に向き合ってくる。バカみたいにいつも笑って、歩み寄ってくる。心の中に、ずかずか入り込んでくる。

そうして自然に手を差し出してくるものだから、つい、手を伸ばしかけて、

(あいつにだって、そのほうがいい――アタシみたいなのが、傍《そば》にいないほうが)

我に返ったのは、敵意ある眼差《まなざ》し突き付けられたからだった。そうだ、少女がいるのはまともな、明るい陽の照らす世界で、その陰に生きる自分のような人間を良しとしないまっとうな友人が、彼女にはいるのだ。

その眼差《まなざ》しを向けてきたのは少女の友人たちだけではなかった。蓮はもうずっと、そう、物心がついたそのときから、そうした不承認の歴史に生きてきた。

担任、教師、クラスメイト、町行く人々。似た者どうしだからとつるんだ連中だって、本音ではお互い蔑《さげす》み、見下し合っていた。

クズから生まれたガキはクズ。社会の底辺をのたうち回って、無様に生き永らえるだけ。こ

っちが見ていない間にさっさと失せて、消えてなくなればいいのに──ああ、でも。

おまえのようなのは所詮、どこへも行けないだろうけど。

──ぎりっと歯を嚙《か》み鳴《な》らして、蓮はその幻聴を捻《ね》じ伏《ふ》せる。

しばらく聞こえなかったのに、ここ数日また彼女の耳を苛《さいな》んでいるその言葉の群《むれ》は、いつかどこかで投げつけられたのが肥大して、幾重にも木魂《こだま》したものだ。

それを振り切ることができるのは、漫画を描いているときだけ。辿《たど》り着《つ》けるかどうかもわからない光に向かって、全身全霊で挑むときだけ。ゆえに彼女はわき目も振らず、ペンを走らせ続けてきたのだ。

そう、自分にはそれしかない。この惨《みじ》めな境遇を変えるために──いや、ぶったぎるためには、たったひとりでこの道を往く、それしか。

ノイズのように耳障《みみざわ》りな幻の罵倒の中でぽつりと、誰かが名前を呼んだ気がした。

それを振り切って蓮は部屋を横断し、猫の額ほどの廊下──それも、ゴミを詰め込んだビニール袋でいっぱいだ──を経て、玄関まで赴く。ローファーの踵《かかと》を踏んだまま重い足取りで扉へ手を伸ばしたそのとき、がちゃり、とドアノブがひとりでに動いた。

しまった、と後ずさったが遅かった。錆《さ》びついた蝶番《ちょうつがい》が不快に軋《きし》み、扉が開く。その先にいたのは、これまで会うのを避けていたこの部屋の主だった。

「あ？　なんだア、蓮、帰ってたのか」

蓮より頭一つ分上背のある男だ。整った面差しと均整の取れた体軀《たいく》だけ見れば美丈夫とも言えるが、脂ぎった長髪、くたびれた派手めのスーツ、全身から漂う酒の匂いと、うさん臭さが滲《にじ》み出《で》ている。今もにやつきながら煙草《たばこ》をふかしているが、その姿に性根の腐っているのをありありと感じて、蓮は見るのも嫌悪《けんお》した。

視線を合わせようとしない彼女に、男は紫煙を吹きかけてくる。久しぶりに浴びせられたそのヤニ臭い吐息に蓮は咳《せ》き込《こ》みたかったが、ぐっと堪《こら》えてなんともないふりをした。

「別に……アタシの家なんだから、いたっておかしくねぇだろ」

そのまま彼女は強行突破を試みたが、狭い玄関だ、男の脇をすり抜けられず乱暴に肩を摑《つか》まれ、その場に押《お》し留《とど》められてしまった。男はもう一方の手で持っていた煙草《たばこ》をひと吸いすると、さっきより濃厚な紫煙を、間近から蓮に吹き付ける。これにはさすがに蓮はごほごほと呼吸を乱した。生理的に浮かんできた涙目で、きっと男を睨《にら》みつける。男はチッと舌を鳴らした。

「おい、勘違いすんなよ。ここは俺の家で、おまえは住まわせてもらってんだ。自分の立場を弁《わきま》えねぇとどうなるか……忘れてるようだな、あァ？」

男は持っていた煙草《たばこ》を蓮の胸元へ寄せる。そしてトン、と軽く叩《たた》いて灰を落とす。それは重力に従い、襟元のボタンを開けた蓮のシャツの中、胸元へと落下した。

今しがたまで熱されていた煙草《たばこ》の灰は、ちりっ、と蓮の肌を焼く。その刹那の痛みに蓮は視線を逸《そ》らし、唇を引き結んで耐えた。その様子に満足したらしい男はころりと表情を変え、猫なで声を出す。

「でも、そうだな、久しぶりに帰ってきたんだもんなァ。一緒に風呂《ふろ》でも入るか？」

「ハッ、冗談……ガスも水道も、電気だって止まってんのに、どうやって」

そもそもこんな男に裸を見せるという想像自体不快を催すが、それをおくびにも見せず、蓮は皮肉を返す。そう、彼女がシャワーを浴びに外出しないといけないのもそれが原因で、この古びた賃貸の一室のライフラインはすべて止められているのだ。しかし決して今に始まった話ではない。これがこの家の、蓮が住む家の常態だった。

そしてその元凶である男は、芝居がかったふうに頭を横に振って嘆くように言った。

「そう、それなんだよ。いやぁ、ちょっと滞納したくらいですぐになんでも止めやがる、ホント世知辛《せちがら》いご時世だよなァ！　ほんの数日待ってくれりゃ、きちんと支払うっていうのによォ」

いちいち相槌《あいづち》を打つのも腹立たしく、蓮は歯ぎしりするばかりだ。そう言ってこの男がきちんと支払いをするところを、ついぞ彼女は見たことがない。蓮が生まれる前まではホストとしてそれなりの地位を築いていたらしいが、今は酒と煙草《たばこ》とギャンブルに溺れ、すっかり零落してしまった。わずかな昔馴染《むかしなじ》みからの指名料とある筋からの収入に頼るばかりで、しかもそのほとんどを、享楽につぎ込んでしまう。だから蓮はこの家でまともな食事なんてとったことがないし、風呂《ふろ》に入ったのだって数えるほどだ。

なんとかしてこの場を切り抜け、外に出る方法はないか——男の発する酒気とヤニの匂いに霞《かす》む頭で、蓮は必死に考える。だが肩を掴《つか》んでいる手にいっそう力がこめられて、その痛みに思わず口の中で悲鳴がくぐもった。男は獲物をいたぶり追いつめる肉食動物の眼差《まなざ》しをぎらつかせ、彼女に顔を近づけ囁《ささや》くように言った。

「だからさァー、蓮チャン、頼んできてくんない？」

「何、をだよ……」

「カネの振り込みをさァー……今月、ちょーっと早めてほしいなってさァ、アイツに。な？」

蓮は眦《まなじり》を吊《つ》り上《あ》げ、男の喉笛を食い千切らんばかりの勢いで返す。

「嫌だね！　なんでアタシが、あんな女に——ッ、ぐっ……！」

「おいおい、その言い草はないんじゃねェーのォ？」蓮の肩に爪を食い込ませながら男が言う。「自分のオカーサンじゃん？　たまには素直に甘えてみなって、喜ぶよォ？　蓮チャンが言えばさァ、きっとすぐにでもたんまり振り込んでくれるって！」

優しさを装《よそお》った口調は、却《かえ》って不気味だった。にやついた笑みを浮かべながら、肩を掴《つか》む手にはますます力が込められていく。そしてそれは蓮が頷《うなず》くまで続くのだろう。そうと分かっていて彼女は、抗《あらが》う道を選ぶ。

「ふざけるな！　あんな女、母親なんかじゃない！　おまえだって、父親だなんて思ったことは一度もない!!」

猛々《たけだけ》しい——悲痛ですらあるその叫びは、男の理性の糸を切った。蓮の肩を握っていた手を力任せに押しやって、彼女を床へと突き放す。

いきなりのことで受け身もとれず、蓮は背をリュックごと思い切り打ち付け、かはっ！　と唾液まじりの息を吐いた。全身を刹那に駆けた衝撃に痺《しび》れ、身動きがとれず、蓮は呻《うめ》く。だがその右腿《みぎもも》に嫌なぬるさを感じて、痛みにぼやける視界をなんとかそちらに向けた。

そこにはしゃがみこんだ男がいて、蓮の制服のスカートの中に左手を突っ込んでいた。下着のきわ、内腿《うちもも》をねちっこく撫《な》でまわしながら、右手で持った煙草《たばこ》を一服する。

「おーおー、俺だって思ったこたァねーよ……おまえが俺のガキだなんて、よ！」

「っ、ぁあッ!!!」

これまで忍んできた悲鳴が、遂《つい》に蓮の口から飛び出た。

男は左手でがっちり抑え込むと、蓮の腿《もも》に煙草《たばこ》の先端を押し当てたのだ。灰皿代わりにするようにぐりぐりと押し付けて、彼女の白い肌の上に醜い火傷《やけど》を刻み付ける。蓮はなんとか逃れようと身を捩《よじ》るが、腿《もも》に食い込む男の指がそれを許さなかった。

「まったく、おまえのせいで俺の人生台無しなんだよ。そこんトコ分かってんの？　おまえが！いるから！　俺はこんなクソな生活送ってんの！　おまえが!!　できなきゃ!!　今頃もっと上客誑《たら》し込《こ》んでハッピーな毎日過ごしてたの!!　分かりますー?!　聞こえてますかァー??!」

「ぐ……ぅ、ぅ……！」

脂汗をこめかみから流し苦痛に悶《もだ》える娘を見て、加虐の悦に酔いしれながら、男はケタケタ笑った。

理不尽な存在否定。不条理な暴力。それは、今に始まったことではない。蓮がもっと幼いときから、この男はこうして彼女を都合のいい道具として扱ってきたのだ。小学生のときは怯《おび》えながらやりすごし、中学以降は家の外に逃げ回るようになった。

負けるものか、絶対に屈するものか——その反骨心だけで、彼女はなんとか正気を保っていた。そしてようやく希望を、漫画という夢を見つけた。あとはそれを翼に替えて、こんな劣悪な家から羽ばたいていくだけなのだ。

だがそれが——あまりにも、遠い。

すぐそこに見えているはずの出口にすら、男に阻《はば》まれて駆け込めないでいる。扉は、開かれているのに、届かない。あるいは自分は永遠に、この家から出ることなんてできないのではないか。

心が打ち砕かれそうになるその弱音を振り切り、蓮は男を睨《にら》みつけた。意志の光を絶やさぬその眼差《まなざ》しに、気をよくしていた男は一転不快を露《あら》わにする。

「んだよ、蓮チャン全然分かってないじゃん。ダメだよー、そんな生意気な顔してさァ。ちゃんともっと、自分はただの金ヅルだって自覚持って生きなきゃ、ね？」

「とっとと、失せろ……ゴミクソ野郎……！」

せめてもの反抗を示すも、その声は掠《かす》れていた。男は嘲笑して左手を蓮の腿《もも》から離すと、右手と組んでボキボキと鳴らす。

「ふーん、まだ痛い目みたいの？　蓮チャンさてはドMだなァー？　オカーサンにそっくりだ！　……じゃあお望み通り、キツいのくれてやるよ。大丈夫、目に見えるところになんて痕残さねェから！」

「っ！」

男が覆いかぶさって、殴り掛かる準備を始めた。言葉通り、男は顔や足、腕など、他人に露見する場所に攻撃はしてこない。殴打《おうだ》の的はもっぱら、服で隠れる胴体だ。これまでもずっと、そうだった。

〝蓮が必要十分の生活を送ること〟——彼女を父に押しつけた母が養育費を支払う条件。だから最低限偽装できる範囲で、この男は蓮をこうして虐待する。

（大丈夫……死にゃしねぇ。何発か殴ったら気が済んで寝に行く。そうしたら、今度こそこの家から出るんだ。大丈夫……大丈夫）

これまでの経験を糧《かて》に、蓮は自身にそう言い聞かせた。

そう、もう、慣れてしまった。

この程度のことは、散々通ってきたのだ。自分はもう、子どもじゃない。どこにだって、自分の足で歩いていける。だから今は、嵐が過ぎるまでただ耐えるのだ。

固く目を閉じ、歯を食い縛って、蓮はそのときを待った。だが、なかなか第一撃は襲ってこ

ない。不審に思って彼女の耳に、

「……？　なんだこりゃ」

訝《いぶか》し気《げ》な男の声が聞こえた。

ハッと気づき、蓮は瞼《まぶた》を開く。さっきまで組み敷いていた男は彼女から身体を離し、手に持った何かをまじまじと眺めている。そしてそれは最悪なことに、蓮の予想通りのものだった。

「……っぷ！　おいおい、マジかよ！　勘弁してくれ！」

男は大声で下品に笑いながら、手にしたそれを——キャンパスノートを、蓮のほうへと向けて見せた。

彼女は自身の失敗を悟る。目の前の男に対する憎悪《ぞうお》と与えられる痛みに対応するのに手一杯で、迂闊《うかつ》にも意識からすり抜けていたのだ——持っていたネーム帳入りのクリアケースを、倒されたはずみで手放してしまったのを。

安物のクリアケースは落ちた衝撃で留め具が外れ、中身を吐き出していた。そのうちの一冊が今、男の手中に落ちてしまっている。

「蓮、まさかこれ、おまえが描いたのか？　いや、そうなんだろ？　でなきゃそんな容《い》れモンにいれて、大事に持ってるわけねぇもんな！」

「汚い手でそれに触るな！　返せ!!」

蓮は身を起こそうとしたが、男のほうが早かった。するりと立ち上がるとそのまま蓮の右ひざを容赦なく踏みつけてくる。靴の裏で踏みにじられる痛みに苦悶《くもん》の声を彼女が上げると、男はますます上機嫌になった。

「ハハッ、こりゃーケッサクだわ！　へったくそな絵だなァおい、腹ァよじれてたまんねぇよ！　しかもそれを何冊も何冊もご苦労なこって……いやまさか、プロになりたいなんて言い出さねぇだろうなっ?!」

「……っ！」

「おいおい、おーいおいおい、マジかよ!!　本気なのかよ蓮チャンよォ!!」

男はのけぞりながら哄笑《こうしょう》する。ここにきて最大の侮辱を受けた蓮は、怒りを迸《ほとばし》らせ、喉がひしゃげるばかりに叫んだ。

「ああそうだよ、本気だ！　アタシはおまえみたいなクズとは違う!!　プロになって――夢を叶《かな》えて、こんな家、出てってやる!!!」

それを聞き届けた男は、ぴたりと笑いを止めた。

ゆっくりと背を屈《かが》め、蓮を見遣《みや》る。その顔には一応の笑みが張り付いていた、が――眉に眦《まなじり》、こめかみに口の端《は》、あらゆる箇所が痙攣《けいれん》していて、人間のそれとは思えぬ気味の悪い相貌をしていた。

「いいや、同じだ――」

打って変わって静かな物言いとともに、男はおもむろに両手を突き出した。その手の中には

いまだ蓮のネーム帳があって、それを彼女に見せつけるように示してから、

「クズから生まれたガキはクズ。おまえにゃ、俺の金ヅルがお似合いなんだよ」

びりっ、と、紙を裂《さ》く音。

一瞬、何が起きているのか分からず蓮はポカンと口を開いた。

その間に、また、男はケタケタとあの耳障《みみざわ》りな笑いを再開した。その手の仕事は止まらず、びりっ、びりりっと、乾燥した音と不穏な二重奏が無残に響く。

男は蓮のネーム帳を一枚一枚、ぐしゃぐしゃに破り捨てた。

上から下に、見せつけるように千切りとってから、器用に右手の中で丸め込み彼女に投げつける。紙なので、大したダメージにはならない。だがその紙の球が――彼女の描いたネームだったものがカサリと身体に当たるたび、見えないギロチンの刃となって蓮の心を切断していく。

(あれは――漫画、描き始めた頃の――)

まだ、右も左も分からなかった頃。インターネット検索に首っ引きになりながら、四苦八苦してようやく仕上げた三六枚のネーム。当然、絵は汚く、画面構成はお粗末で、物語の体《てい》を成していたかも定かではない。それでも――三か月かかってようやく描き上げた、一作。

それを男はいとも簡単に、破壊していく。笑い疲れたのか今は鼻歌とともに、リズムを刻みながら細かくページを引き裂いている。やがてそれらの破片を手のひらに載せ、フーッと息を吹きかけた。

それは蓮のもとに、紙吹雪のように降り注いだ。そのひとつひとつが鋭利なカミソリの刃となって、彼女の心を情け容赦なく切り裂いていく。

怒りも悲しみも、すでに情動の閾値《いきち》を振り切って、ただ愕然《がくぜん》とするしかない。

この家から、出たかった。

クズな親。クズな環境。そんなものを何もかも振り切って、どこか、新しく生まれ直したかった。でもその方法が分からない。行き先すらも、浮かばない。誰も教えてくれなかった。誰も助けてくれなかった。先生も同級生も汚物を見る目で遠ざける。近所の住人は関わり合いを避けて、通報なんてしやしない。母親は、負い目をごまかすように気持ち悪い笑みを浮かべて、金を差し出すだけだ。そして父親は彼女から搾り取ることしか頭にない。

首輪に繋《つな》がれ、虐《しいた》げられ、蔑《さげす》まれ、嗤《わら》われて、辛《かろ》うじて食いつなぐ見世物小屋の獣――その絶望が、常に付《つ》き纏《まと》う。

そうしてそのうち己もまた根っからのクズになって、この親のように、この家のように、どうしようもなく最低なモノに成り下がって、朽ちていく――その未来が、途方もなく怖かった。

それをぶった切ってくれたのが、漫画だった。

ああ、こんなすごいものが世の中にはあるのか――その発見が、彼女を縛る鎖を断ち切った。奮い立たせた。方法を、見出《みいだ》した。行く先を見つけた、そう思った。

だから懸命に手を伸ばして――でも。

「諦めろって。おまえみたいなのは所詮、どこにも行けねぇよ」

男はすべてのページを破り尽くし、残った表紙を投げつけてきた。

それは力なく、蓮の腿《もも》の上に落ちる。彼女が必死に積み重ねてきた努力は呆気《あっけ》なく蹂躙《じゅうりん》され、跡形もなく消失した。

——この程度の、物だった。

その事実は蓮を、完膚なきまでに打ちのめした。

(アタシ……アタシは、どこにも……行けないんだ……もう、ずっと、このまま……ここで……こうして……)

ネーム帳と同じく散々に切り刻まれた彼女の心は、何度も何度もその言葉を反響した。精神の制御も失って、ぶつぶつと呟《つぶや》きが口から洩《も》れる。それに心底満足したように、男は深々と頷《うなず》いた。

「やっと自分の立場を思い出したようだなァ、蓮？　じゃあもう二度と忘れないように、そうだなぁ、他のヤツもぜーんぶ、同じように破ってやるよ」

その意味するところを、蓮は理解できない。男が足を上げ、床に散らばった他のネーム帳に手を伸ばそうとするのを横目で見送り——

「いい加減にっ、しろおおおおおお！！！！！！！！！！」

甲高い絶叫が、玄関に反響した。

キンと鼓膜を直撃したそれに、思わず蓮は目を閉じた。それから、ずしん、と何かが倒れ込むような音がする。

戸惑いながら彼女は慌てて瞼《まぶた》を開け、横を見ると——なぜか男が、白目を剝《む》いて、蓮の隣に横たわっていた。

「さ、さ、さっきっから聞いてれば言いたい放題……!!　いったいナニサマのつもりっ!?」

続いたその声に、蓮ははっと扉のほうを見た。

開け放たれた扉の脇に、ひとりの少女が立っていた。

彼女は——池野彗花は固く瞑《つぶ》った目からボロボロと涙を流しながら、なおもまくしたてる。

「あんた、なんにも知んないでしょ!!　庭上さんがどんだけいっつもがんばってたか……！　い、いや、そりゃわたしだって、ちゃんと知ってるわけじゃないけど、でも!!」

なかば半狂乱といった具合で、彗花は喚《わめ》いた。

「学校でだって、家でだって、ずっと漫画のことばっかで……自分でイチからぜんぶ勉強して、実践して！　ちょっと見ただけで、すごいって分かるんだよ!?　それを、あんた……あんたねぇっ!!!」

息継ぎすら厭《いと》うように、

「あんたっ、枠線引いたことあんの?! ペン入れは?! ゴムかけは?! トーンだって、貼ったことないいんでしょ! あれ、ちょっと間違えるとぺりって剝《は》がれて大変なんだよ! わたしなんてもう触んなって怒られたんだから!!」

喉が潰れることも構わず、

「そんな苦労を、なんにも知んないで……」

刹那に過《よぎ》った情動のすべてを一拍の間に詰め込んで、

「庭上さんをバカにすんな!!! 庭上さんのがんばりをっ……侮辱すんな!!!」

叩《たた》きつけた。

そうして言いたいだけ言ってあとは、赤子のように泣いている。

蓮はただただ、啞然《あぜん》とするしかない。男が倒れて、いきなり彗花が現れて、こんなふうに騒ぎ立てて——

(え……? なんだ? 何がどうして、こうなってんだ……? い、いや、それより……)

唐突な展開がもたらした混乱より、もっと強大なものが蓮の脳内を支配している。

それは初めて藤間塚練創の漫画を読んだときのような、鮮烈な衝撃だった。

彗花の放った咆哮《ほうこう》は、蓮を覆いつくそうとしていたあらゆる悪意も絶望も薙《な》ぎ払《はら》い、彼女の

思考をクリアにした。

そんな心持ちに戸惑いながらもひとまず立ち上がり、蓮は男から距離をとる。だが、なぜか一向に起き上がってくる気配がない。それを喜んでいいのか判断に迷いながら、蓮はそろそろと扉へとにじり寄った。それでも、男が覚醒して彼女を引き留めようとする様子はない。

ぽりぽりと頬を掻《か》きながら蓮は意を決し、なぁ、と彗花に声を掛けた。

「……残念ながら、あいつにゃ聞こえてねーみたいなんだが……おまえ、いったい何したんだ?」

その言葉に、彗花はぴたりと泣きやんだ。固く瞑《つぶ》っていた目を押し上げて、倒れたままの男を凝視する。そして、ギギギ、と錆《さ》びついた擬音がしそうな動作で蓮を見てきた。

「……えっ、あれっ、これ……もしかして、ヤバくない?」

しでかしたのは自分だというのに、顔を青くしている。

そして、騒ぎを聞きつけた近所の住人が、野次馬をしようと集うのが聞こえてきた。

蓮は慌てて彗花の手を取り、走り出す。


彗花としてはそもそも、そこまでするつもりなど毛頭なかったのだ。

蓮の家を訪ねたら玄関で何やら揉《も》めていて、それが落ち着くまで待とうと扉の陰に身を潜めていたのだが、怪しい雲行きにおそるおそる覗《のぞ》き込《こ》んでみると——あの男が、蓮のネーム帳を破り捨てていた。

到着して間もない彼女には詳しい経緯などさっぱりわからなかったが、飛び込んできた光景があまりにもショッキングで、雷に打たれたようにその場から動けなくなってしまった。しかし、男が一冊だけでは飽き足らず他のネーム帳にも手を出そうとしているのを見て、我に返り——反動で、激しい怒りに見舞われた。

そして考える前に玄関に飛び込んで、思い切り蹴り上げたのだ。男の股座《またぐら》にある、急所を。

そのことをしどもどと説明すると、

「金的、って……おま、」

面食らった調子で蓮はそう言った。

「……大人しそうな顔して、けっこーエゲつねーのな」

「だ、だって！　とっさに身体、動いちゃったんだもん!!」

わっ、と両手で顔を隠しながら、彗花は言い訳をする。

ふたりは今、蓮の家から少し離れたところにある河川敷《かせんじき》に腰を下ろしていた。しばらく逃走したあと誰も追ってこないのを確認し、気まずい沈黙が流れそうになったところで、とりあえず落ち着こうと彗花が提案したのだった。

蓮は不承不承、という体《てい》で従って、ふたりは並んで草むらの上に座った。河川敷《かせんじき》を訪れる人影はまばらで、川の流れも緩やかだ。その平穏な静けさに気が緩んだのか、ぽつりと蓮が改めて訊《たず》ねてきたのだ。どうしてあの場にいたのか、どうやって男を気絶させたのか――もっとも彗花の返答はいささか想像を超えていたようで、蓮はしきりに瞬《しばた》いていたが。

うう、と彗花は肩を縮こまらせる。『いい、彗花？　いざってときは絶対、躊躇《ためら》っちゃダメだからね？』――そう言う母から伝授された必殺《ゴールデンボール・クラッシャー》は、奇襲だったことも功を奏して効果はテキメン……に過ぎた。

「だ、大丈夫かなぁ……まさか、死んでないよね？　や、やっぱり警察に行ったほうが……」

他人に危害を加えた経験などこれまでの人生で一度もない彼女は、自分のしでかしたことに良心の呵責《かしゃく》を抱いた。だが蓮はそれを一笑に付す。

「キンタマ蹴り上げられたくらいで、人間そうそうくたばるかよ。ま、勃《た》たなくなってるかも知んねーけど」

それからちらりと彗花を見て、すぐに視線を川面《かわも》に移し、乾いた笑いを浮かべて言った。

「どのみち、おまえのせいなんかじゃねぇし。単に巻き込まれただけ……だから気にすんな。万が一警察《サツ》が来たって、どうにでもなる」

「……そうやって、中学のときも自分がやったって言ったの？」

「……は？」

再び蓮が彗花を見た。

その眼は見開かれていて、動揺をありありと伝えてくる。こくり、と喉を鳴らしてから努めて平静に、彗花は見つめ返した。

「教室のガラス割ったの……庭上さんじゃ、ないんでしょ？」

「……は？　え？　なんだ、おまえ、どうしてそんな話知って……いや、」

そこで蓮ははっきりと拒絶の意志を顔に宿す。

「わざわざ詮索しにきたのか、他人《ヒト》の過去を」

その声は茨《いばら》となって彗花の胸を締め付け、一瞬言葉に詰まらせた。以前の彼女なら、そこで怯《ひる》んでしまっただろう。

しかし、ここで退くわけにはいかない。今、このときのために昨日一日駆けずり回り、今朝は美葉と茎一にホットケーキを作ってやるのも休んでここへ来たのだから。

「庭上さん、わたし、怒ってるんだよ」

ふん、と胸を反らしてみる。あくまで対峙《たいじ》する姿勢の彼女に、蓮もちょっと気圧《けお》されていた。

その勢いに乗って、彗花は準備していたセリフをつらつらと並べる。

「あんだけこっちの生活しっちゃかめっちゃかにしておいて、何も言わずに不機嫌になって、挙句の果てに自分が悪いから～みたいな感じでいなくなって……納得いくわけないでしょ？　でもどこに行ったんだかも分かんないし、だからわたしも、好き勝手してやろうって決めたの」

「好き勝手……？」

「そ。友達の友達にお願いして、中学の庭上さんを知ってる人たち紹介してもらって、話を聞いて回ったの。住所が分かったのも、そのおかげ」

がく、と蓮の下あごが外れた。まさか彗花がそこまでしているとは思いもよらなかっただろう。彗花自身、驚いているくらいなのだ。自分にこんな、バイタリティがあったなんて。

それでも、嫌だったのだ。もう一度、きちんと蓮の口から話を聞くまでは——彼女の本音を、確かめるまでは、このまま引き下がることなんてできなかった。

彗花は星加に頼んで、中学のとき蓮の隣のクラスだったという女子を紹介してもらった。まず彼女からじっくり話を聞いたのだが、そのときから彗花の中でぼんやりと萌《きざ》していた推測が、徐々に確信に変化し始めた。

類は友を呼ぶ、ということわざもあるように、その少女は星加と同じタイプで……一を十にして話したり、真実かどうか定かでないことを好んでトピックにする傾向にあった。要するに、彼女の口から語られた情報をすべて鵜呑《うの》みにはできない、ということだ。

そこで、彼女を通して何人か、同じ中学に在籍していた生徒に話を聞きにあちこちを訪ね歩いた。その中には蓮と同じクラスだった男子や、家に住まわせていたという女子もいた。

彼や彼女のほとんどが、蓮を忌避していた。中には嫌悪《けんお》を露《あら》わにする者も、単に好奇の対象として下世話に話したてる者もいた。それらに辟易《へきえき》しながらも慎重に情報を継ぎ合わせ、彗花はあることに気付く。

みんな外側から見た〝庭上蓮〟を語るばかりで、彼女自身がどうなのか、踏み込んだ感想がないのだ——そしておそらく蓮も、誰かに積極的に理解してもらおうとは、しなかった。

中学生になったばかりの庭上蓮が荒れていたというのは、事実らしい。いわゆる半グレのチームに出入りし、夜の街で補導されていたのを塾帰りに目撃した、という証言もあった。そして、そうした仲間の家を渡り歩いて、実家にはほとんど帰っていなかったということも。

だが、あるときを境に蓮の問題行動は鳴りを潜める。それは、中学二年の秋ごろ——彼女が、漫画を描き始めてからだった。

「漫画を描き始めた庭上さんは、その頃からひとりのお友達のところに住むようになったんだよね。名前は、さやかさん。中学に入ってから気が合ってずっと一緒で……彼女の家も、あまりご両親が帰ってこなかった——」

「……もしかしておまえ、あいつとも」

「うん、話してきた」

彼女と会ったときのことを思い返すと、彗花も少し気が重かった。彩絵と星加も会ったというその少女は、蓮が彗花の家に身を寄せていたと知ると途端に攻撃的な態度を示した。

『は？　あんたが蓮のイマカノ？　うっわー趣味変わったんだ、ダッサ』

『さやかんトコにいたときの蓮？　そんなのマジサイコーだったに決まってんじゃん。なんでって？　だってウチらツーカーだったもん』

『だから！　あんなコトさえなけりゃウチら今でも一緒だったの！　ほんっと、未練たらしい女とかヒくわ。蓮も勝手にいなくなるしさ、意味分かんない。いや、捨てられたとかじゃないし！　さやかが切ったんだし‼　蓮なんて、あんなメンヘラなんて、もう知らねーし‼』

……話す内容は、始終支離滅裂だった。中学時代の蓮を激しく糾弾したかと思えば、彗花が擁護するような発言をすると自分こそが真の理解者だと喚《わめ》く。さやかがまくしたてるたびに冷える心で、彗花はぽつりと思った。

きっとこの人は、もう傷つきたくないんだと。だからこんなふうになりふり構わず、他を傷つける物言いしかできないのだと。それだけ――蓮と一緒にいたその時節は、彼女にとって何物にも替えがたかったのだ、と。

そんな彼女からなんとか聞きだしたピースを繋《つな》ぎ合《あ》わせ、現れた情報は、彗花にとって重要な事実だった。

「庭上さんは、さやかさんに話したんだよね？　漫画家を目指したいって夢を。それでさやかさんは協力するために、庭上さんを自分の家に招き入れた」

でも、と続く言葉を、彗花は胸の内に留《とど》めた。それは憶測に過ぎなかったからだ。

当時の蓮は間違いなく、さやかを信頼していたのだろう。彼女にとって人生を賭けるに足る目標を打ち明けられる、友達として。実際、他の同級生の誰からも、蓮が抱いた夢についての言及を得ることはなかった。

さやかだけに――さやかだから。その友情は中学時代の蓮にとって、灯火のように胸に宿った希望だったろう。でも、きっと――さやかが蓮に向ける想いは、彼女のそれとは違った。

彗花はそういうことに詳しくない。だが手負いの獣さながらに蓮を語るさやかを見ていて、思った。さやかはおそらく、恋していたのだ。だから誰より蓮の傍《そば》にいたかったし、蓮の役に立ちたかった。しかし、それはいつしか空回りしていった。

多分蓮はプロを志したその瞬間から、わき目も振らず一心不乱に漫画の修練に明け暮れていたのだろう。そして彼女としては、さやかがそれを応援してくれるものだと信じ切っていた。しかし、さやかからしてみれば、ともに住んでいる自分を差し置いてずっと漫画にかまけている、というように映ったのだ。確かに通じ合っていると疑いもしなかった関係が、砂上の楼閣のように崩れた――そんな感覚を、抱いたのかもしれない。

そうしてふたりの関係に不協和音が生じ、ついに事件が起こった。

「庭上さんがさやかさんの家を出たきっかけは……噂《うわさ》通り、学外の女子が庭上さんの教室に乗り込んできたことだったんだよね。ふたりが一緒に住んでいるって知って暴走しちゃうほど、すきだったんだろうね。でもそれは、さやかさんも同じで……つい彼女に張り合って、自分は庭上さんの秘密を知ってる、って言っちゃった。その証拠にさやかさんが出してきたのが、庭上さんがカバンに入れていた、完成したばかりの原稿用紙」

「……」

蓮は立てた膝の上に両腕を乗せ、その中に頭を埋《うず》めた。彼女にとっては、思い出したくない過去なのだろう。その心情は察するに余りあるし、彗花だって、本当はこんな秘密を暴き立てるようなことはしたくはなかった。

だが、それでも——もう何もせず、後悔はしたくない。

きちんと話し合って、そこから先に進みたい。

その結果、彼女がやはり去ることを選ぶのだとしても。

「……庭上さん、言ってたよね。最初に完成させたお話はポシャっちゃったって。それが……そのとき、さやかさんが持ち出してきた原稿だった。さやかさんと学外の女子はそれを取り合って教室の中を暴れまわって、最終的に——廊下側の窓のガラスを、割ってしまった」

腕を突っ込んだのは乗り込んできた女子だった、と、当時同じクラスだった男子がしぶしぶ証言した。

血が流れたショックで彼女は気絶し、さやかもそれを見て愕然《がくぜん》と立ち尽くすばかりだった。

その局面で、購買へ出かけていた蓮が帰ってきたのだ。

ざわめく教室の中、蓮は誰にも何も聞かず、さやかへと歩み寄った。そして彼女の手から、もみ合いの末ぐしゃぐしゃになった原稿用紙をひったくり、ぼそりと呟《つぶや》いた。

『アタシがやったってことでいい。だから、もう、二度と近寄るな』

そうして彼女は騒動の主犯が自身であると駆け付けた教師に告げて、この事件は、そのように処理された。

蓮は、ぎゅっと肩を縮こめ頭をいっそう深く埋《うず》める。何も言い返してこない。それは彗花が述べた一連の推測が、的を射ていると暗に肯定していた。

ふう、と彗花はひとつ息を吐く。

ようやく――スタートに立てた。ここからだ。

すべてはこれから始まる対話のためのお膳立て。緊張に高鳴る鼓動を抑えつけ、彗花は蓮に問いかける。

「……ねぇ、同じだと思った？」

「え……」

「今と、昔と。同じだと思った？　だから、いきなりいなくなったの？　さやかさんにそうしたように」

ゆっくりと蓮が頭を上げて、彗花を見た。何を言っているか分からない、と揺れる眼差《まなざ》しが述べている。だけど彗花は容赦しない。

そう、彼女は怒っているのだ。

「めんどうだからって、ぜんぶ自分が悪いことにして、それで済むって思ってるんでしょ？　ううん、絶対そう。じゃなきゃ、勝手にいなくなったりしないもん」

「お、おい、待て、いったいなんの話だ？」

「気取り屋でカッコつけの、庭上蓮さんの話だよ」

ふんっ、と挑発的に言うと、さすがに蓮もカチンときたらしい。苛立《いらだ》ちのままに顔をしかめ、声を荒げる。

「なんだって？　アタシがいつ気取ってカッコつけたっつーんだよ！」

「あっれあれ〜？　自覚ないの？」彗花はわざとおどけたポーズをとってみせた。「いつって全体的にいっつもそうでしょ？　中学のときから全然成長してないんじゃない？　分かってもらうのを最初から放棄して……ワルモノぶって、強がってるって感じィー」

言いながら、彗花は少しだけ楽しくなってきた。普段の彼女なら、彩絵や星加、美葉に茎一、クラスメイトにだって、こんな物言いはしない。だけど今は蓮から言葉を引き出すために、敢えて仕方なくやっている、のだが……遠慮のない言い合いなど初めてのことで、ちょっと胸が弾んでしまう。ますます顔を赤くする蓮に、申し訳なく思ってしまうほど。

「おまえにっ……、アタシの何が分かるってんだ！」

「なーんにも？　だって全然話してくれないじゃん。それどころか、急に音信不通になるし」

「それ、は……そうだけど、でも！」

蓮は視線を下げて、苦虫を噛《か》み潰《つぶ》すような口調で言う。

「おまえのダチも言ってただろ……アタシみたいなの、ホントは傍《そば》にいないほうがいいんだ」

すん、とひとつ鼻を鳴らし、蓮は自らに言い聞かせるように続ける。

「そうだ……さやかのときに、思い知ったはずなんだ。アタシみたいなのと関わると、みんなロクなことにならねぇ……だから、ひとりでいればいいんだ。分かりきってたはずなのに、なんで、忘れてたんだ……おまえにだって、迷惑かけて……くそっ！」

蓮はだんだん項垂《うなだ》れて、誰のことも見ようともせず、ただ自身の絶望にずぶずぶと沈んでいこうとする。それを見て彗花の中から、さっきまでの愉快さは消し飛んだ。代わりにこみあげるのは、ふつふつと熱く腹の底から滾《たぎ》る情動で、それを吐き出すように、

「ふざけないでよ！」

大きな声でそう言った。

弾《はじ》かれたように、蓮が頭を上げる。その眼を大きく見開いて、まっすぐ自分を見ている――その視線を真正面から受け止めて、彗花は再び声を張り上げた。

「なんで庭上さんが勝手にわたしの気持ち、決めるの？　迷惑って？　ロクなことにならない、ってなに？　わたし、いつそんなこと庭上さんに言った？」

「そりゃ、おまえ……その……」しどもどと、狼狽《うろた》えながら蓮が答える。「おまえのダチにだって、心配かけちまってるし……」

「ふたりのことも勝手に決めないで！」

さっきよりひと際大きな声で断言する。それはびりりと空気を震わせるほどで、蓮はただ目を瞬《しばた》くばかりである。一方の彗花はもう止まらないというように、肺いっぱいに息を吸い込む。

「彩絵と星加は、はやとちりしちゃっただけ！　ちゃんと話せば分かってくれる！　……わたしだって、ちゃんと、庭上さんが話してくれればっ……」

　そこで、ぼろっ、と大粒の涙が彗花の目尻からこぼれ落ちた。

　今しがたまでの厳《いか》めしい表情は、一変してぐしゃぐしゃと泣き崩れる。うわあ、とぐずりながら、彗花は鼻声で言った。

「……ちがうよね、わたしがもっと、自分から訊《き》けばよかったんだ……なのに、あんなヘタなお芝居真に受けて、追いかけられないで……」

「へ、ヘタ……」ショックを受けたように蓮が答える。「ヘタなんてこたねーだろ、かなりがんばったんだぞアレ」

「ううん、ヘタクソだよ。だって庭上さん、ウソ吐《つ》くときバレバレなんだもん」

　泣いて頭を振りながらも彗花ははっきりそう言った。それは確実に蓮のプライドにトドメを刺したようで、彼女は口をパクパクとさせる。言いたい放題の彗花にどう対応していいか分かりかねたのか、蓮はぼりぼりと頭を掻《か》き、ぼやくように呟《つぶや》いた。

「おまえさぁ……いったい、なんなんだよ……」

　その率直な問いに、彗花は目元を拭う手を止めた。

　そして、まだぐずぐず鼻を鳴らしながらも持ってきていたトートバッグに手を突っ込み、ある物を取り出す。それを差し出すと、蓮は小さく、あっ、と声を漏らした。

「わたしは、ファンだよ。庭上さんの描く漫画の、ファン」

彗花の手の中にあるのは、蓮が置いていったネーム帳だった。

蓮の真意が分からず迷っていた彗花の苦悩を断ち切ったのは、最後のページに書かれていた言葉だった。

分からない　ラストが見えない
どうしたらいい？
何をしたら――
もっとおもしれぇ漫画になるんだ？

綴《つづ》られたその一文字一文字から、蓮の葛藤が伝わってくる。彗花が察していたように、彼女はやはりスランプだったのだ。

それでも、諦めていなかった。

眼前に道がなくとも、手探りでひとつひとつ確かめて、見出《みいだ》していく――より良い作品を、生み出すために。今は、まだアマチュアにすぎなくても、いつかプロとして羽ばたくために。

いろんな人が、いろんなふうに、彼女を評した。

曰《いわ》く、不良だと。反抗的だと。不誠実だと。総じて、〝だから近寄らないに限る〟、と。

彗花はそのいずれも、本当なのか分からない。嘘《うそ》かどうかも、判断できない。だってまだ、あまりにも、彼女のことを知らないから。

でも、これだけは信じられる。

庭上蓮の漫画に懸ける想いは、本物だと。

そして――自分はその作品を、読みたいのだと!

「わたしね、待ってるんだよ。残りの二ページを――あのお話が、どんなふうに終わるのかを」

ネーム帳を蓮に手渡して、静かに彗花はそう言った。

蓮は、一度は手放したそれをまじまじと眺めてから、彗花を見た。

ここでどんな表情を浮かべるべきか、自然と彗花には分かった。

まだ涙はこみあげてくる。垂れた鼻水を拭った鼻頭は赤くなって、きっとみっともないだろう。それでも彗花は、自分にできる最高の微笑《ほほえ》みを湛《たた》えた。

「うちへ帰ろ? お風呂《ふろ》入って、ごはん食べて、ひと眠りしたら、また、漫画描こ?」

ふと、静寂が落ちる。

それを破ったのは、か細い呼吸の音。震えるようなその吐息は、薄く開いた蓮の唇から漏れ出た。それはわなわなと開き、

「うっ……うあ、……うわあああああっ! あああああああああっ!!」

ついには空を仰いで、大声で泣き始めた。

蓮はもう言葉も出せず、ただひたすらに泣いて、泣いて、泣いた。信じていた友人と袂《たもと》を分かったときも、実父から度重なる暴力を受けたときも、一度だって涙を流したことのなかった少女は、押し殺し続けた痛みを、悲しみを、ついに解放することができたのだった。

その事情を知る由《よし》もない彗花も、彼女の姿を見れば感じ取るものがあった。せっかく涙が収まったのにまた押し寄せてきて、ぼろぼろとあとからあとから頬を伝う。

気付けば勝手に体が動いて、蓮を抱きしめていた。なんでかは分からない。

ただ、今このとき無性に、そうしたかったのだ。

「ちゃんとさ、原稿も描き終わって落ち着いたら……今度こそ、聞かせてよ。庭上さんの……ううん、蓮の、お話を。ファンってだけじゃなくてさ……友達に、なりたいから」

涙に掠《かす》れた言葉は、それでも届いたらしい。泣きながらも、蓮は何度も頷《うなず》いた。

ふたりの少女は延々と泣き続けた。

頭上では太陽が、挨拶を告げるように輝いている。

◎◎◎

目が覚めたら布団《ふとん》の上にいた。

上体を起こすと徐々に頭が冴《さ》えてきて、妙に身体が軽い気がした。眠る前までのことを、少しずつ思い出す。この家に帰ってきて、数日ぶりの風呂《ふろ》を済ませ、ご馳走《ちそう》を振る舞われ、あの双子に騒がしく囲まれて――それでいったん、布団《ふとん》を借りて休眠をとることにしたのだ。

カーテンの向こうはうっすらと明るい。どうやら、新しい夜明けを迎えた頃合いらしい。昨日が日曜だったから今日は学校に行かなければ。ああでも、無断欠席したから担任への言い訳が面倒だ――そんなことをつらつらと考えながら、なぜか胸は弾んでいる。

新人賞の〆切《しめきり》までもう一週間と少ししかないというのに呑気《のんき》なことだ、と自分に呆《あき》れていた、その視界の端に、白い影が映った。

見覚えのあるその姿は、彼だった。

いつもともに闘ってきた彼は、見慣れたしかめっ面ではなくどこか穏やかな顔つきをしていて、そして――

スイレン・グラフティ

第5話

わたしとあの娘のナイショの同居

「い、いい？」

「おー」

「それじゃ、開くよ？」

「おー」

「ほ、ほ、ホントのホントに、開いちゃうよっ……？」

「……頼むからさっさとやってくれ」

ふう、と漏れた蓮のため息は、窓の外でしとしとと降る雨音に柔らかく溶けた。

六月──、梅雨入り宣言が出て間もない、ある日曜日。

池野家ではいつものようにみんなでホットケーキを食べたあと、運命のそのときを迎えていた。今は午前一〇時。彗花と蓮が隣り合い、その両脇をさらに美葉と茎一が固めていたのだが、一向に動かない事態に双子は飽きて、寝転がってぬり絵に興じ始めてしまった。

残った彗花と蓮が見つめているのは、ちゃぶ台の上に載せた彗花のスマートフォンだ。画面は曙栄壇社《しょえいだんしゃ》サイト内、週刊ジェムスのページ。新人賞の説明を示すコーナーには、点滅するバナーがあった。

『五月期新人賞、速報！』――そう書いてある。

「こ、こ、こ、今度こそ、ホント、開いちゃうからねっ！　覚悟はいいっ？」

「……」

蓮はジト目で見てくるが、彗花はそれに構っているゆとりはない。そのバナーをタップすれば、新人賞の速報――一次選考を突破した作品を掲載しているページに飛ぶのだ。たったワンタップ、それができずにかれこれ五分が経過した。彗花の人差し指は画面に触れようとして、そのたびにあらぬ方向に曲がってしまうのだ。

次こそ絶対に、という意気込みとともに、彗花は目を見開いた。そしておそるおそる人差し指を下ろそうとして――隣から飛び出てきた蓮の指先が、とん、とバナーを押した。

「あのな、いい加減ウザいわ」

「だ、だってぇ～！」

あうあうと言い訳をする彗花を軽々と蓮がいなしているうちに、画面は切り替わった。速報だけあって、急ごしらえの簡素なページだ。ざっと、三〇ほどのタイトルが羅列されている。

彗花は心を決めて、上から下にゆっくりとスクロールしていく。

ふたりの視線が重なって、最後のひとつまで吟味し終えて、

「……ない、ね」

「だな」

へなへな、と彗花はちゃぶ台に突っ伏した。

彼女たちが苦心して作り上げた『NO WHERE NO MORE』というタイトルは、一次選考に残ることが、できなかった。

「あ〜〜〜、がんばったのになぁ〜〜〜……」

「ま、こんなもんだろ」

思い切り残念がる彗花に対して、作者である蓮は落ち着き払っている。

「漫画描き始めて二年弱の素人《しろうと》が突破できるほど、ジェムスの新人賞は甘くねぇよ。それは最初から分かってた。自分の実力不足がはっきりしたってだけ十分だ。また腕磨いて、挑戦すりゃあいい」

「はいダウト。今鼻鳴らしてたよ、蓮」

ちゃぶ台に乗せたままの顔をぐりんと向けて、彗花は蓮に意地悪な笑いを浮かべた。蓮は顔を真っ赤にして、ぷいっと逸《そ》らし、ぼそぼそと呟《つぶや》いた。

「別に？　悔しくねーかって言われたら、そりゃ、そうだが……でも」

「でも？」

身体を起こして、彗花は首を傾《かし》げる。

蓮は顔を半分背けたままだったが、その頬が緩み、口許は気安い微笑《ほほえ》みを結んだ。

「……不思議と、すっきりしてる。結果がどうでも……あの話を完成させられて……うん、よかった」

嘘《うそ》偽りのない、蓮の想い。それに触れられて、彗花もまた、よかったと心から実感した。

あの河川敷《かせんじき》で散々泣きはらしたふたりはその後池野家に戻り、その日は結局風呂《ふろ》と食事と睡眠に費やしてしまった。だが、翌日からの蓮の動きはすさまじかった。スランプ以前と同じように――いや、それ以上の集中力で残りのネームを切り、一枚一枚を仕上げていった。

蓮の切ったネームは一六枚に収まらず、合計二四枚で決着した。それをネーム帳上で読んだ彗花は、おや、と思った。そこで主人公たちが迎えた結末は、当初予定されていたもの――黒幕を銃殺してエンド、という筋書きとは、異なっていたからだ。

代わりに主人公は、どうしても黒幕にトドメを刺せず戸惑っていた。そうして自暴自棄に陥った彼を救ったのは、仲間たちだ。

『もう、闘わなくていい』――その言葉に、主人公は気付く。いつの間にか、闘うことが、黒幕を殺すことが目的になってしまっていた自分自身に――それはしあわせな未来を掴《つか》むための手段に過ぎなかったはずなのに。

あまりにも多くを殺しすぎた自らに絶望した彼は、贖《あがな》いにと死を選ぼうとした。だが、仲間に止められ悔い改める。そして、新たに決意するのだ――本当にしあわせになれる場所を、自分たちの手で作り上げるのだと。

読み終わった彗花は初め、これでいいのか、と蓮に訊《たず》ねた。彼女がずっとこだわっていた物語と、全然違うものになっていたからだ。だが蓮は迷わず、いい、と答えた。それで彗花も納得した――彼女も、こっちのほうがもっといい、素直にそう感じたから。

そしてふたりは一週間で二四枚の原稿用紙を必死にブラッシュアップした。中には、直前で蓮が丸々描き直したいというページも出てきたりと連日怒濤《どとう》の作業が続き、彗花は〆切《しめきり》直前の記憶が定かでない。

そしてなんとかポストに投函《とうかん》したのが五月三〇日。間に合ったことで心身ともに虚脱しきって、母から『帰るまでにまだしばらく時間がかかりそう』とメールがきても、悲しんだり怒ったりするだけの余裕がなかった。今思い返すに、彗花にとってそんなことは初めてだった。

そんなこんなで迎えた今日が、審判の日。とはいえ、残念な結果に終わってしまったのではあるが。

「すいねーちゃんとれんちゃん、ダメだったのです？」

「気にすることないのです、明日は明日の風が吹くのです」

ふたりの様子を見て、美葉と茎一が首を傾《かし》げながら寄ってきた。彗花の頭を撫《な》でようとする美葉と、憶《おぼ》えたばかりの言葉を使いたがる茎一。そんな気遣いに彗花と蓮も思わず顔を見あって、ぷっと噴き出した。

「そうだね！　まだまだこれからだもんね！」

「いいこと言うじゃねーか、チビ。よっしゃ、新作のネーム切るか」

蓮が立ち上がって、ネーム帳とペンをとりに行こうとする。が、彗花はその右の足首を摑《つか》んで引き留めた。

「の、前に……お手伝いの時間だよ、蓮」

「は？　なんだそれ？」

「もー、忘れちゃったの？　今日のお昼、彩絵と星加がごはん食べに来るんだよ！　改めてふたりがちゃんと謝りたいって言うから、今回の結果報告も兼ねてって……前に言ったじゃん」

「あー……そうだっけ」

「そうですぅー！」

彗花は自身も立ち上がり、ぷくっと膨《ふく》れっ面《つら》を蓮に突き付けた。

一連の騒動ののち、彗花は親友である彩絵と星加にきちんと経緯を説明した。蓮に了承を取ったうえで、どうして彼女が池野家に住んでいるのか、そして――彗花が、彼女を応援したいと感じているのかを正直に、真摯に打ち明けたのだ。

もともとは勘違いが原因だったこともあってすぐに誤解は解けたのだが、特に星加は自分が話をややこしくしたと責任を感じたのか、きちんと謝りたいと申し出た。それなら、と彗花は自宅でのささやかなパーティを提案したのだ。

（……ちょっと強引だったかな？　前に話したときも、蓮、あんま気乗りしてなさそうだったし……ん？）

少し不安に思ったものの、それはすぐに氷解した。

蓮の下唇が、ちょっと突き出ているのを見つけたから。

見る間に彗花は笑顔になって、パンッ、と手のひらを打ち鳴らす。

「さっ、美葉も茎一も手伝って！　なんてったって六人分、ハンバーグ作らなきゃならないんだからね！　大忙しだよ～！」

「「はーい！」」

元気よく、双子はキッチンへと駆け込んでいく。それを追いながら彗花は肩越しに蓮へと振り返った。

「ほらっ、蓮も早く！」

呼ばれた彼女はおっくうそうに頭を掻《か》いて、

「……ったく、彗花にゃ敵《かな》わねーわ」

そう言って、にやりとした笑みを返した。

え、と、彗花は足を止める。その隣を蓮がすたすたと追い越して、キッチンの中へ入って行った。慌てて彗花はその後を追う。

「ね、ねぇ、蓮！　今、わたしのこと名前でっ」

「おいチビども、ちゃんと手ぇ洗えよ」

「やってるのです！　くらえ、泡ビーム！」

「うわっ、ミヨ！　やめるのです！」

「こ、こら！　ふたりともこんな狭いところで……って、そうじゃなくて！　あー、もうっ！」

どたばたと収束のめどが立たない騒々しさが、三畳のキッチンに満ちる。

そうしてなんだかんだを経た先にご馳走《ちそう》ができあがり、蓮が片隅に据えられた食器棚の戸を開ける。整列しているそれぞれの器に、銘々いつものように手を伸ばす。

美葉と茎一は少し小ぶりなキャラクターもののどんぶり、彗花は白地に小花のラインが可愛《かわい》くプリントされたものを。そして蓮が、端正なストライプの入った椀《わん》を。

ぴんぽんと、呼び鈴が来客を告げる。彗花はキッチンを出て、ふとその足を止めた。

窓の外、いつの間にか雨はやみ、雲の切れ間から明るい日が差している。

夏が——次の季節が、すぐそこにまで迫っている。

その予感にひとつ、少女の胸は高鳴った。

あとがき、に、代えて。

池野家では今日も、美葉と茎一がそれぞれの傑作を創るのに大忙しです。姉の彗花と、その友達の蓮は、スーパーへ土曜の大売り出しに出かけています。ふたりが帰ってくるまでに、どちらがより素晴らしい作品を生み出せるか、両画伯はスケッチブックの上で熾烈な争いを繰り広げおります。が、

「ふうむ」と、口ヒゲを捻《ひね》る真似《まね》をしながら、美葉。「なんだか色鉛筆《コイツ》にも飽きてきたのです」

「たしかに」と、あごヒゲを撫《な》でる真似《まね》で返して、茎一。「オレンジと水色がなくなったのも、カンペキじゃないのです」

おおっと、両画伯の手が止まってしまいました。どうやら、手持ちの画材が新鮮味に欠けていたり、色を揃《そろ》えていないのがご不満な様子。

それならば、こんなものはいかがでしょう。しゃらんら、えいっ☆

「んんっ？　ケイ、こんなところに箱が」

「この前おかーさんが送ってきてくれたプレゼント、まだ開けてないのがあったんです？」

「きっとそうです！　これ、ミヨとケイにおかーさんからプレゼントなのです！」

両画伯はキャッキャとはしゃぎながら、突如現れた謎の小包を引《ひ》っ掴《つか》み、ビリビリと包装を

剝《は》いで荒っぽい開封の儀に取り掛かりました。よいこのみなさんは正体不明の荷物を見かけたら決して慌てず触らず、駅係員かそれに類する関係各所に通報してくださいね。

「あれ？　……なぁーんだ、色鉛筆なのです。ちぇっ、なのです」

「あれあれ？　でもミヨ、この色鉛筆、なんだか不思議ですよ？」

出てきた中身に唇をひん曲げている美葉をよそに、茎一は一本手に取ります。その芯は一色ではなく、様々な色彩を湛《たた》えていました。ちょっと、使い方が分かりませんかね。最初だけお手伝いしましょうか。しゃらんら、それっ☆

「わっ、手が勝手に！　……あれ？　……ええっ?!」

茎一の手が動き、握っている色鉛筆の先っぽが、宙にくるくると線を描きます。始点と終点で閉じられると、虹色のその線はもこもこと膨らみ、ぴょんっ、と短い四肢を生やしました。それから耳が、ふよんっ、と出てきて、カタツムリみたいな角、つぶらな瞳と鼻ができて、その下に現れた口が、メエェ、と鳴きました。

羊です。茎一が空中に描いた絵がいのちを得て、かわいらしい羊になったのです。羊はそのままピョンっと床に降りて、池野家の居間をあっちこっち軽やかに跳ねまわっています。まんまるお月様のように口を開けていた美葉と茎一は、お互い顔を見合わせて、すぐさま満面の笑みを浮かべました。

「すごいですっ！　これ、描いたのがホンモノになる色鉛筆です！」

「こんなのはじめてなのです……！　ミヨ、どっちがたくさん描けるか勝負です！」

「望むとこなのです！　見せてやるのです……ゲージツは、バクハツなのです!!」

おお、両画伯の創作意欲に再び火が点いた模様です。ふたりは小さな手にありったけ色鉛筆を握って、空中に次々と作品を生み出していきます。若い感性から成る自由な発想は、留まるところを知りません。あ、ああ、でもこのままだと、部屋の中がいっぱいになって、ふたりとも窒息しちゃうかも。

なのでいい機会ですから、お裾分けすることにしましょう。

どんなときも信じて励ましてくれたお友達のみなさまには、虹色にきらめくクローバーの花束を。遠くから見守ってくれる家族や親戚には、カエルの合唱団が贈る雨上がりのメロディを。「新作、待ってたよ！」と声をかけてくださった方々には、ねこチャン一〇〇匹大行進を。この本を素敵に作り上げてくださったデザイナー様、印刷所様、そして校正をしてくださった校閲様には、疲れがするっと溶けるおサルの温泉を。キャラクターたちに可愛らしく丁寧にいのちを吹き込んでくださった堀泉《ほりいずみ》インコ様には、いつでもぽかぽかしあわせになれるガウンとブランケットを。そして前作から今作まで粘り強くご指導くださった担当のお二方には、短い時間でもぐっすり快眠な魔法のベッドを。

そしてこの作品を最後まで読んでくださったあなたに、それらぜんぶの詰め合わせを。

ようやく辿《たど》り着《つ》いた次の今で出逢《であ》えた喜びと感謝をこめて！

「ただいまー。美葉、茎一、遅くなってごめんね～……って、ありゃ？」

「おーおー、スヤスヤ寝てんな。せっかくプリン買ってきたってのに」

「起こすのもアレだし……わたし毛布持ってくるから、蓮、食材冷蔵庫に入れといてくれる？」

「はいよー。に、しても……色鉛筆握ったまま寝落ちてら。夢の中でも描いてたりしてな」

「そうだね、なんだか楽しそうな顔してるし……あれ？　こんな色鉛筆、うちにあったっけ？」


それではまた、叶《かな》いますならそう遠くない未来で、お目にかかれますように。

井上涼さんの『睡蓮ノート』を聴きながら。

◉世津路　章著作リスト

「ミス・アンダーソンの安穏なる日々　小さな魔族の騎士執事」（電撃文庫）
「スイレン・グラフティ　わたしとあの娘のナイショの同居」（同）

本書に対するご意見、ご感想をお寄せください。

電撃文庫公式ホームページ 読者アンケートフォーム
https://dengekibunko.jp/
※メニューの「読者アンケート」よりお進みください。

ファンレターあて先
〒102-8584 東京都千代田区富士見 1-8-19
電撃文庫編集部
「世津路 章先生」係
「堀泉インコ先生」係

本書は書き下ろしです。

電撃文庫

スイレン・グラフティ

わたしとあの娘《こ》のナイショの同居《どうきょ》

世津路《せつじ》 章《しょう》

2019年6月8日　初版発行

発行者　郡司 聡
発行　株式会社KADOKAWA
〒102-8177　東京都千代田区富士見2-13-3
0570-06-4008（ナビダイヤル）
装丁者　荻窪裕司（META＋MANIERA）
印刷　株式会社暁印刷
製本　株式会社ビルディング・ブックセンター

カスタマーサポート（アスキー・メディアワークス ブランド）
［電話］0570-06-4008（土日祝日を除く14時〜17時）
［WEB］https://www.kadokawa.co.jp/（「お問い合わせ」へお進みください）
※製造不良品につきましては上記窓口にて承ります。
※記述・収録内容を超えるご質問にはお答えできない場合があります。
※サポートは日本国内に限らせていただきます。
※定価はカバーに表示してあります。

ISBN978-4-04-912459-0　C0193　Printed in Japan

電撃文庫　https://dengekibunko.jp/

電撃文庫創刊に際して

文庫は、我が国にとどまらず、世界の書籍の流れのなかで〝小さな巨人〟としての地位を築いてきた。古今東西の名著を、廉価で手に入りやすい形で提供してきたからこそ、人は文庫を自分の師として、また青春の想い出として、語りついできたのである。

その源を、文化的にはドイツのレクラム文庫に求めるにせよ、規模の上でイギリスのペンギンブックスに求めるにせよ、いま文庫は知識人の層の多様化に従って、ますますその意義を大きくしていると言ってよい。

文庫出版の意味するものは、激動の現代のみならず将来にわたって、大きくなることはあっても、小さくなることはないだろう。

「電撃文庫」は、そのように多様化した対象に応え、歴史に耐えうる作品を収録するのはもちろん、新しい世紀を迎えるにあたって、既成の枠をこえる新鮮で強烈なアイ・オープナーたりたい。

その特異さ故に、この存在は、かつて文庫がはじめて出版世界に登場したときと、同じ戸惑いを読書人に与えるかもしれない。

しかし、〈Changing Times,Changing Publishing〉時代は変わって、出版も変わる。時を重ねるなかで、精神の糧として、心の一隅を占めるものとして、次なる文化の担い手の若者たちに確かな評価を得られると信じて、ここに「電撃文庫」を出版する。

1993年6月10日
角川歴彦

電撃文庫DIGEST　6月の新刊

発売日2019年6月8日

魔法科高校の劣等生㉙ 追跡編<下> 【著】佐島 勤　【イラスト】石田可奈	光宣の追跡を続ける達也は、その行く手を阻む背信の忍術使いと対峙する。死者の思念を操る忍術使いを抑えるため、対精神体用新魔法が放たれる――。さらに達也の前にシリーズ最大の障碍が立ちはだかる!?
ストライク・ザ・ブラッド20 再会の吸血姫 【著】三雲岳斗　【イラスト】マニャ子	「姫柊、おまえが俺を殺してくれ」 眷獣たちの暴走の刻限が迫る中、古城と雪菜が下すそれぞれの決断！　そして、真祖たちの乱入によって混乱を極める、領主選争の結末とは――！
リベリオ・マキナ2 ―《白檀式》文月の嫉妬心― 【著】ミサキナギ　【イラスト】れい亜	《白檀式》には吸血鬼の脳が組み込まれている――。その真相を探る水無月たちの前に現れたのは、世界最大のオートマタメーカーCEOだった。カノンの宣戦布告と共に、吸血鬼王女リタと水無月の最強タッグが動き出す！
ガーリー・エアフォースXII 【著】夏海公司　【イラスト】遠坂あさぎ	グリペン、イーグル、ファントムそれぞれの前日譚から健気で人気なベルクト×ロシアンアニマ三人衆の交流、謎めいたアニマ、レイピアをめぐる事件と、バラエティ豊かなエピソード満載の美少女×戦闘機ストーリー！
未踏召喚://ブラッドサイン⑩ 【著】鎌池和馬　【イラスト】依河和希	『白き女王』は憧れていた。恭介とのありふれた幸せな日常を。必死の告白も、城山恭介は無慈悲に拒絶。もとより分かり合えない二人には、戦うしか道はなかったのだ。恋する未踏級『白き女王』の結末は!?
乃木坂明日夏の秘密④ 【著】五十嵐雄策　【イラスト】しゃあ	明日夏の両親との対面を経て、また一歩彼女との距離が近づいた善人。だけど今度は、幼なじみ・朝倉冬姫と二人っきりのお出掛けイベント発生ーー!?　ソシャゲの声優ライブ参戦をきっかけに、冬姫の様子に異変が……？
ヒトの時代は終わったけれど、それでもお腹は減りますか？② 【著】新 八角　【イラスト】ちょこ庵	終末の東京にも夏は訪れます。空には天を彩るオーロラが掛かり、磁気嵐で街中の機械に障害発生！　それでも《伽藍堂》は営業中です！　大混乱の日々の中、ウカとリコは二人が初めて出会った二年前を思い出し……。
新作 **幼なじみが絶対に負けないラブコメ** 【著】二丸修一　【イラスト】しぐれうい	幼なじみの志田黒羽は俺のことが好きらしい。でも俺には初恋の相手、可知白草がいる！　……ところが、その白草に彼氏ができた。人生終わった。死にたい。そんな俺に黒羽が囁く――辛いなら一緒に復讐しよう？　と。
新作 **モンスター娘ハンター** ～すべてのモン娘はぼくの嫁!～ 【著】折口良乃　【イラスト】W18	亜人が住む領域に周囲を囲まれ、脅かされる魔導国。その末っ子王子にして大のモンスター娘好きの、ちょっとえっちな男の子・ユクに、国の安寧のために白羽の矢が立った！――そう、すべてのモン娘を嫁にしろ！
新作 **スイレン・グラフティ** わたしとあの娘のナイショの同居 【著】世津路 章　【イラスト】堀泉インコ	最近気になる隣の席の庭上蓮さん。不良だヤンキーだって言われてるけど、なーんかそう思えなくて……。だけどある日、偶然彼女の秘密を知って一緒に住むことに！ どーしてこんなことになったんだっけ……？
新作 **賢勇者シコルスキ・ジーライフの大いなる探求** ～愛弟子サヨナのわくわく冒険ランド～ 【著】有象利路　【イラスト】かれい	【お詫び】本作は登場人物が女児スク水着用の騎士などをはじめ全員名状しがたい変態であり、大変不条理なギャグ、クソパロディ乱立ファンタジーのため、あらすじの公開が却下されました。自己責任で本編をお楽しみください。

ミス・アンダーソンの安穏なる日々
Ms. Anderson's Quiet Days
小さな魔族の騎士執事
「では頑張ってわたくしを殺してくださいましね」
世津路 章
イラスト◆フカヒレ
彼の使命は美味しい料理の提供、お部屋のお掃除。そしてベッドでの抱き枕代わり!?
人類最強のぐーたら美女と
彼女の命を狙う魔族の少年
二人の優しくて刺激的な同棲生活。
電撃文庫

第25回
電撃小説大賞
銀賞
受賞
AUTHOR
ミサキナギ
Nagi Misaki
ILLUSTRATION
れい亜
Reia
リベリオ・マキナ
COMMAND
Wake up, Order, Shut down
REBELLIO MACHINA
リベリオ・マキナ
―《白檀式》水無月の再起動―
オートマタ×吸血鬼が
織りなす、新時代
バトル・ファンタジー！
TYPE: BYAKUDANSHIKI NUMBER: VI=MINAZUKI
BUILT-IN: HARMONY GEAR
電撃文庫

第25回
電撃小説大賞
銀賞
受賞
The farthest library
in the mirror
鏡のむこうの
最《さい》果《は》て図書館
光の勇者と偽りの魔王
冬月いろり
イラスト／Namie
これは勇者と魔王の戦いを影で支えた人々の
《誰にも語り継がれないお伽噺》
電撃文庫